NARRATORI DELLA FENICE

Titolo originale:
Idyll on the High Line

In copertina: fotografia © Luc Kordas / sime
Grafica: Giovanna Ferraris / *the*World*of*DOT
Progetto grafico: *the*World*of*DOT

Per essere informato sulle novità
del Gruppo editoriale Mauri Spagnol visita:
www.illibraio.it

ISBN 978-88-235-2911-3

Gruppo editoriale Mauri Spagnol
www.guanda.it

ANDRÉ ACIMAN

IDILLIO SULLA HIGH LINE

Traduzione di Valeria Bastia

UGO GUANDA EDITORE

IDILLIO SULLA HIGH LINE

Lunedì

Lui stava leggendo il giornale. Lei, un romanzo. Lui la guardò. Lei non ricambiò. Aveva i capelli chiari, pettinati di lato, e le mani da pianista, almeno stando a come teneva il libro, appoggiato sul ginocchio della gamba accavallata. Lui provò a sbirciare il titolo, invano. Non appena lei voltò pagina ci riprovò, ma nulla da fare. Qualche istante più tardi azzardò un ultimo tentativo.

« È *Cime tempestose* » gli comunicò lei a fior di labbra per non disturbare le altre persone nell'atrio. La sua curiosità sembrava divertirla e, per dimostrargli che quel romanzo non costituiva un segreto, girò la copertina in modo che lui la vedesse con i propri occhi, pensando che magari non ne aveva mai sentito parlare. Chissà perché ci teneva tanto a sapere cosa stesse leggendo, si chiese lui, forse semplicemente perché ancora non era riuscito a scoprirlo oppure, senza volerlo ammettere, in realtà stava cercando di attaccare discorso. Dopo avergli mostrato il titolo, però, la donna si rimise a leggere, in apparenza ancor più assorta di prima.

« Io l'ho letto due volte, sa? » le disse. « A scuola lo chiamavamo *Cime stranoiose.* »

Simpatico, pensò lei, ed emise una risatina sommessa, senza suono, più per cortesia che perché lo trovasse davvero divertente.

« È la battuta più vecchia del mondo, però la prima volta funziona » aggiunse lui.

Stavolta la donna abbozzò un sorriso di circostanza, ma non proferì parola e continuò a leggere. Lui, allora, tornò al suo *Wall Street Journal.*

In quel caldo lunedì d'estate, lei indossava un completo di lino leggero che le lasciava le spalle scoperte, ma si era portata un maglioncino di cotone in caso l'aria condizionata avesse abbassato la temperatura in modo insopportabile in camera di consiglio. Nell'atrio dove erano ammassate almeno duecento persone in attesa di essere selezionate come giurati, però, l'aria condizionata non funzionava. Infine, alle nove e mezzo la guardia prese il microfono, diede il benvenuto a tutti e, con una punta di ilarità nella voce, si scusò per il guasto al sistema di raffreddamento, ricordando comunque che anche chi lavorava nell'edificio pativa lo stesso caldo, non solo i futuri giurati. Risuonò una risatina soffocata: a quanto sembrava i presenti avevano apprezzato il tono ironico.

Nel frattempo l'uomo posò il giornale, si tolse la giacca blu a righe di lana pettinata, la ripiegò con cura e la appoggiò sulla seduta in mezzo a loro. Pensò di allentarsi il nodo della cravatta e di slacciarsi l'ultimo bottone della camicia, ma poi cambiò idea. Prima di buttare là quel commento su *Cime stranoiose*, aveva iniziato a sganciarsi i gemelli da polso, lasciandoli per sicurezza attaccati alle maniche che si era rimboccato due volte. La donna notò che erano di oro massiccio e avevano la forma di una grossa catena. Ai piedi portava un paio di brogue nere tirate a lucido, un modello che suo marito non indossava mai. Le calze nere a lui non facevano difetto, a suo marito sì. A Jonathan non interessava se gli ricadevano sulle caviglie, invece con ogni probabilità quest'uomo impeccabile aveva il reggicalze all'altezza del polpaccio. Per lei era un libro aperto: Wall Street, Park Avenue, Ivy League – arrogante, compiaciuto e chiaramente pieno di pregiudizi, oltretutto ben consapevole di esserlo.

Rimasero concentrati sulle rispettive letture finché non sentirono chiamare il proprio nome. Wadsworth, naturalmente, pensò lei. Gli venne detto di raggiungere in ascensore la Sezione 73 del tribunale.

« Buona lettura » le augurò lui, poi prese la giacca e si srotolò le maniche della camicia, infine chiuse i gemelli con l'evidente sicurezza di chi, a differenza di Jonathan, non necessitava mai di aiuto. « Tra Emily Brontë e il *Journal* non c'è storia, comunque » aggiunse.

« Non potrei essere più d'accordo » rispose lei. Un liberale dell'Upper West Side, sinistroide e supponente, che disprezza i propri simili.

L'uomo entrò in aula, si sedette e aspettò il proprio turno insieme a parecchia gente. Gli avvocati stavano discutendo di chissà quali questioni. Nel frattempo sentì aprirsi una porta alle spalle e, quando si voltò, vide entrare un altro gruppo di potenziali giurati. Compresa la donna di prima. Notò che non aveva i capelli biondo cenere come credeva quando erano seduti in camera di consiglio, ma di un affascinante grigio lucente. Lei intercettò il suo sguardo e si affrettò a prendere posto, trovando una sedia libera proprio dietro di lui.

« Sa come levarsi dagli impicci? » gli chiese, chinandosi in avanti.

« Credo di sì. »

« Me lo dica, la prego. Non posso stare qui. Consigli? »

Lui si alzò, prese il giornale e le si sedette accanto.

«Due cose» le rispose, abbassando la voce. «Quello che più esaspera gli avvocati durante il *voir dire* è ricevere in risposta solo un secco sì o no, non una sillaba in più. Ne dedurranno che anche lei fa l'avvocato o che ha maturato una certa esperienza in ambito giuridico e sospetteranno che saprà smascherare i loro giochetti. Io, per esempio, indosso un completo da avvocato; loro sanno perché, e sanno che io so perché sono vestito così. In buona sostanza, intuiranno al volo qual è la mia professione, e di avvocati che controllino la camera di consiglio durante le delibere non ne vogliono tra i piedi. Non dica niente di sua spontanea volontà. Solo sì o no. Dal momento che ci troviamo in una corte penale, le chiederanno se è mai stata vittima di un crimine; magari le daranno anche la possibilità di raccontare l'episodio nei dettagli. In passato ho dichiarato la verità: non ne ho mai avuto esperienza diretta, ma una volta mia madre è stata minacciata con una pistola alla cassa di un supermercato. Con ogni probabilità, la pubblica accusa sarà contenta. Inoltre ricorderò al giudice che, arrivata sul posto, la polizia non aveva ascoltato una sola parola del suo racconto. Sentendo il suo accento straniero, gli agenti si erano mostrati così ostili che lei aveva perso ogni riguardo nei loro confronti e si era rifiutata di rilasciare una deposizione. 'Sa essere imparziale?' mi domanderà il giudice. 'In tutta onestà, Vostro Onore, non lo so, ma farò del mio meglio.' Le ultime due volte ha funzionato. Difesa e accusa hanno sollevato qualche dubbio su di me e alla fine non mi hanno voluto come giurato.»

Quando arrivò il suo turno, l'uomo fece come le aveva spiegato, e infatti venne congedato rapidamente e rispedito in camera di consiglio. Passata più di un'ora, vedendo che lei non tornava, pensò che avesse tentennato con uno dei due avvocati o con entrambi e che, di conseguenza, fosse stata selezionata.

Invece no. Quindici minuti dopo essersi arreso, sentì il campanello dell'ascensore ed eccola comparire nell'atrio. Lei si guardò in giro, lo vide e lo raggiunse.

«Ha funzionato!» Era raggiante come una bambina.

«Non dica a nessuno che gliel'ho suggerito io, però.»

«No, certo.»

«È un segreto ben custodito» disse, e poi aggiunse, togliendo la giacca dalla sedia libera accanto a sé per farle posto: «La sa una cosa? Una volta ho parlato a una persona dell'esistenza di un hotel a Napoli, dove soggiornavo sempre quando andavo in città per incontrare un cliente. Nel complesso l'hotel lasciava un po' a desiderare, ma una delle stanze era il paradiso. 'Fatti dare la 6B, nessun'altra' gli ho consigliato. Be', da quel giorno la voce dev'essersi propagata tra le mie conoscenze con la velocità di un incendio, perché non sono mai più riuscito a prenotarla. Anzi, alla fine mi sono trovato un hotel più bello, con una vista sulla città – la costa e il Vesuvio – ancora più suggestiva. Acqua in bocca, dunque».

«Non dirò una parola» gli rispose lei. «Nel mio ambiente sappiamo mantenere i segreti.»

«Ah, di cosa si occupa?» le chiese, benché avesse la sensazione di averlo già intuito.

«Faccio la strizzacervelli» replicò lei con una risatina e un tono di voce mesto, quasi a scusarsi per la sua professione. Detta così, la parola *strizzacervelli* sembrava essere uscita da una di quelle vecchie barzellette trite e ritrite.

«Come si chiama l'albergo?» gli domandò poi.

«Hotel Segreto.»

La donna soppesò la risposta. «Oh, ma certo!» Ci era arrivata. «Non me lo dirà mai, vero?» aggiunse con una punta di finto rammarico nella voce.

Bello questo pseudo rimprovero, pensò lui.

«Sì, glielo dirò, ma prima mi deve spiegare cos'ha raccontato al giudice.»

Si scoprì che non si era inventata nulla. Mentre stava passeggiando insieme al suo bambino di quattro anni in Columbus Avenue, sua figlia aveva subito un furto sotto gli occhi di tutti. Aveva chiamato il 911, e al loro arrivo gli agenti di polizia le avevano chiesto di descrivere lo scippatore. Lei era così agitata e impaurita per l'incolumità del figlio che non si era concentrata sul criminale, perciò non sapeva come aiutarli. Allora le avevano chiesto di accompagnarli in centrale per sporgere denuncia.

«Ma a quel punto il ladro sarà svanito nel nulla!» aveva obiettato lei.

«Signora» le aveva risposto uno dei due agenti con un sorriso sfacciato e supponente stampato sulla faccia, chiaramente compiaciuto per ciò che stava per dirle, «guardi che il suo ladruncolo è svanito nel nulla da un pezzo.» Quel commento, *il suo ladruncolo*, non le era andato giù. Proprio come la madre di lui, si era rifiutata di rilasciare una deposizione. Alla fine provava più rabbia nei confronti della polizia che del ladro.

Erano quasi le dodici e mezzo, e alla giuria venne concessa un'ora di pausa per il pranzo. Sarebbero dovuti rientrare alle due e un quarto in punto, li informò la guardia all'interfono.

Si affrettarono a uscire, dunque. Lui le disse che conosceva un ristorante cinese lì vicino dove il servizio era rapidissimo e il cibo di discreta qualità. Ottima idea. Oh, esclamò poi la donna, quasi indietreggiando di un passo, gli dispiaceva se lo accompagnava? No, affatto. Davvero faceva l'avvocato? Sì, da cosa l'aveva capito? « Dal suo aspetto » rispose lei, passandogli il palmo della mano sul bavero, quasi divertita per quel completo di lana in una giornata così calda. Era andato in pensione l'anno prima, ma faticava ad abituarsi all'idea. Lo studio in Pearl Street ce l'aveva ancora, anche se non disdegnava di lavorare da casa. Gli piaceva il suo lavoro? « Sì. Quasi sempre. A volte. In tutta onestà, di rado » rispose lui, e dopo quel commento ambiguo si mise a ridere per la prima volta. A lei piacque la sua risata. Non era il tipico promotore finanziario pieno di sé come aveva pensato; sa prendersi in giro – non troppo, ma abbastanza da superare quella specie di test sul senso dell'umorismo a cui, doveva riconoscerlo, sottoponeva chiunque prima di esprimere un giudizio.

« A lei, invece, piace fare la strizzacervelli? » chiese lui.

«*Quasi sempre. A volte. In tutta onestà, di rado*» rispose lei ripetendo alla lettera le sue parole, con un pizzico di provocazione. A quel punto, però, temendo di avere esagerato, disse: «Se devo essere sincera, il mio lavoro mi piace». Ma dietro quella difesa si coglieva una persistente indecisione. Con un tono di voce tentennante, aggiunse che le capitava di nutrire ripensamenti sulla propria carriera, soprattutto arrivata a questo punto, e qualche volta valutava seriamente di andare in pensione, anche se non l'aveva mai confessato a nessuno, di sicuro non a uno sconosciuto. «Ma allora perché le sto dicendo tutto questo?»

«Con ogni probabilità perché non ci conosciamo, dunque si sente libera di confidarsi con me.»

La donna disse anche che non le sembrava il classico avvocato combattivo.

«Perché evito le controversie legali. Non vado mai in tribunale, ci mando altri al posto mio. Alla fine la mia valutazione dei casi si rivela perlopiù corretta, eppure una parte di me ha sempre paura di sbagliarsi. Andare in pensione è stata la cosa migliore che abbia fatto da avvocato, ci pensi su anche lei.»

Nessuno dei due voleva apparire apertamente compiaciuto per la propria carriera. Inoltre si sforzavano di non ficcare il naso nelle rispettive vite. E ciò infuse alla loro passeggiata un carattere leggero, disteso e informale, cose che entrambi apprezzavano.

«Oh, a proposito, io sono Catherine.»

Non riuscì a trattenersi. «Chiamami Heathcliff.»

Scoppiarono a ridere mentre entravano nell'affollato ristorante cinese a Chinatown.

Il pranzo fu veloce e divertente. Nessuno dei due sapeva che cosa piacesse all'altro. Lo gradiva il coriandolo?, le chiese lui. Sì, a differenza di suo marito. «È convinto che sappia di sapone.»

«Che strano, anche mia moglie lo detesta. Ho letto da qualche parte che tanti non lo sopportano proprio perché gli ricorda il sapone Ivory. Noi non mangiamo mai cinese.»

«Nemmeno noi.»

«Che mondo bizzarro, non trovi?»

«Sì, davvero, eppure eccoci qua.»

E scoppiarono di nuovo a ridere, benché ciascuno si domandasse se l'altro ridesse per lo stesso motivo. Chissà, forse per ciascuno c'era un tacito e involontario riferimento alla propria vita, oppure si trattava di pura e semplice coincidenza se i loro coniugi avevano le stesse papille gustative.

La zuppa era divina, i ravioli fritti i migliori che Catherine avesse mangiato negli ultimi anni e il piatto di gamberi e quello di pollo con anacardi, che si erano sentiti così a proprio agio da dividere, più che deliziosi. Probabilmente il pollo è di ieri e la zuppa della sera prima, ma va bene così!, esclamò lui. Sì, convenne Catherine. Avanzi non meglio identificati, un segreto culinario tutto particolare, aggiunse.

Lui cucinava? In passato sempre. E lei? Di rado. Suo marito era esigente e non voleva averla tra i piedi mentre preparava la cena, dunque, anche se le piaceva, aveva imparato a non immischiarsi. E invece cucinavano insieme, loro due?, gli chiese lei. Sua moglie si lamentava perché lui sporcava troppi piatti e pentole, considerando le poche pietanze che alla fine portava in tavola, soprattutto dopo che i figli se n'erano andati per mettere su famiglia e loro due erano rimasti soli in casa.

« Così è la vita » commentò poi con una risatina.

« Davvero » gli fece eco lei.

Usciti dal ristorante, avevano ancora una ventina di minuti buoni prima di tornare in camera di consiglio.

« Caffè? » propose lui.

« Assolutamente sì. »

Ci impiegarono tre minuti. Il bar-caffè-enoteca Da Pirro, per cui, le spiegò, tutti i giovani avvocati del suo studio andavano pazzi, era deserto, perciò il caffè sarebbe stato pronto nel giro di pochissimo. Ci misero più loro a pagare che il barista a servirlo.

«Mi sembra di essere sottoposta a uno strano conto alla rovescia.»

«Lo so. Ci resta un quarto d'ora, meno i cinque minuti del controllo al metal detector e della lenta salita in ascensore.»

L'uomo le disse che gli piaceva bere caffè caldo nelle giornate calde – roba da matti! Catherine rispose che detestava quello col ghiaccio.

«Riusciamo a essere in disaccordo almeno su una cosa?» domandò allora lui, sapendo che lei avrebbe apprezzato la battuta.

«Dovessimo incontrarci di nuovo, sì, di sicuro» ribatté Catherine in tono scherzoso e poi, temendo che lui potesse travisare quel commento, disse qualcosa a sottintendere che la selezione della giuria poteva durare più di quanto desiderassero.

Lui era d'accordissimo. «Un tempo gli avvocati venivano silurati all'istante. Adesso vengono ancora silurati, ma prima devono scontare la pena come tutti gli altri» aggiunse. «Però stavolta è stato un vero piacere, lo devo ammettere.»

Anche Catherine era dello stesso parere e, mentre si incamminavano nel sole abbacinante del primo pomeriggio, il caffè da asporto in mano, si girò verso di lui e gli disse: « Questo è stato uno dei giorni più felici di tutta l'estate ».

L'uomo annuì, sia perché era lo stesso anche per lui sia per dimostrarle che aveva capito e preso nota.

In attesa che il semaforo diventasse verde, sentendo che stava per calare tra loro un silenzio imbarazzato, Catherine proseguì: « A volte ti capita di vivere un momento che sembra normale, come tanti, e poi, qualche istante dopo, ti accorgi che invece emanava una luce speciale ».

L'uomo la guardò, e di nuovo annuì perché aveva appena detto una cosa bellissima. Lei, allora, si sentì incoraggiata a continuare: « Be', volevo solo dire la verità, sfacciata, disadorna, prima che tutto diventi goffo e confuso, e si perda. Grazie, dunque ».

« È stato un piacere. Forse perché non abbiamo pianificato niente, ma devo dire che anche tu sei stata di grande aiuto. »

« No, il merito è solo tuo. Fosse stato per me, mi sarei comprata un bagel al formaggio spalmabile e mi sarei seduta su una di quelle panchine laggiù a scacciare piccioni come una povera pazza. »

« Se tutto va bene, potremo pranzare insieme anche domani. »

«Sì, se tutto va bene.»

Cinque minuti dopo essere rientrati in tribunale, si divisero. Lei venne mandata alla Sezione 81, lui alla 66.

«Potremmo anche non rivederci mai più» le disse mentre si infilava la giacca.

«Lo so.»

Senza sapere perché, si resero conto che l'idea di separarsi li lasciava sgomenti. Non aspettandosi una reazione simile, nessuno dei due ebbe il tempo di dissimularla.

«Così è la vita» ripeté lui, alzando le spalle con aria da filosofo. Chissà se Catherine l'aveva sentito. Be', poco importava.

Mentre saliva in ascensore, all'improvviso si ricordò che non si chiamava Heathcliff, che le aveva dato il nome Heathcliff come battuta, una battuta sciocca, anzi, stupida, sì, proprio stupida, si disse. Sono un idiota!

Che uomo piacevole, pensò Catherine, poi si rammaricò di non averglielo detto. Aveva apprezzato che si fosse aperto con lei sul suo lavoro e poi, tra le altre cose, che le avesse rivelato quanto si lamentava sua moglie perché sporcava troppi piatti in cucina. Saranno il genere di coppia che la sera prepara la cena insieme bevendo vino, ci scommetto, pensò. Non come noi.

Mentre l'avvocato della difesa lo interrogava, lui si arrabattò, addirittura ebbe da ridire sull'appropriatezza della domanda che gli era stata posta, venne ripreso dal giudice di turno e congedato in modo sommario dalla difesa. Suo malgrado, aveva interpretato la parte dello squilibrato. Sul banco della giuria gli sciocchi non creavano problemi, ma gli squilibrati sì, si disse.

Tornato nell'atrio, vide che i loro posti di prima erano stati occupati da altri e che lei non c'era. « Ben mi sta ad avere usato quel soprannome. » Sapeva che andare a cercarla sarebbe stato inutile. Molto probabilmente stavolta l'avevano selezionata. Si rimise a leggere il giornale. Da quando l'avevano chiamato prima di pranzo, non l'aveva più toccato.

Se tutto va bene, pensò, domani pranzerò da solo. Non era mai stato un problema, l'importante era che quelli seduti di fronte a lui non risucchiassero la zuppa o non masticassero troppo rumorosamente. Abbiamo vissuto un breve, fugace episodio in un ristorante cinese vicino al tribunale, si disse. No, neanche un episodio, piuttosto un bel momento – non sapeva come altro definirlo. Un momento.

Aveva iniziato a leggere, ma non riusciva a concentrarsi.

«Un penny per i tuoi pensieri» sentì dire alle sue spalle. Riconobbe la voce, ma non focalizzò subito la persona. Un'amica o un'ex collega, anche lei impegnata nelle selezioni per la giuria, l'amica di un'amica, forse una vicina di casa.

Si voltò per verificarlo.

«Però, si fa in fretta a dimenticare...» commentò Catherine, notando il suo tentativo astuto e frettoloso di mascherare l'espressione vacua che gli rabbuiava il volto.

L'uomo si rese conto che, seppur involontariamente, era caduto nella sua stessa trappola. Non voleva credere che la persona dietro di lui fosse proprio quella che desiderava rivedere. Era al settimo cielo, e glielo disse.

«Per poco non prendo a testate le porte dell'ascensore per averti dato quello stupido nome.»

«Cos'è, pensavi fossi scema? L'ho capito che non era il tuo vero nome. Tu ti chiami Paul Wadsworth. Stamattina, quando l'hanno chiamato, hai risposto.»

Lui, invece, non sapeva come si chiamasse lei di cognome. Catherine Shukoff, gli disse prima di sedersi accanto a lui.

Nessuno dei due si sarebbe rimesso a leggere. C'erano tante cose di cui avrebbero voluto parlare, ma non sapevano da dove iniziare, anche se erano certi che prima o poi qualcosa gli sarebbe venuto in mente.

Considerato il caldo intenso fuori e dentro il tribunale, poco dopo vennero congedati e riconvocati per la mattina seguente alle nove e mezzo. Puntuali, rimarcò la voce all'interfono.

«Io porto il caffè.»

«E io le brioche.»

«Anzi, ho un'idea migliore: vediamoci da Pirro prima che apra il tribunale, non si può entrare con il caffè.»

«Affare fatto.»

Paul si sarebbe incamminato verso il suo studio, Catherine avrebbe preso la Eighth Avenue, diretta dai suoi pazzerelli dell'Upper East Side. Le sembrava una cosa divertente da dire. Lui abbozzò una risata.

Poi si congedarono.

Senza pensarci.

Fare una passeggiata per SoHo sarebbe stata una bella idea, le venne in mente poi.

Una millefoglie al Caffè Reggio prima di avviarsi di

buona lena in studio, perché no? In realtà poteva anche non andarci.

Non ci ho pensato, si disse Paul.

Non ci ho pensato, si disse Catherine.

Martedì

Non avevano stabilito a che ora incontrarsi la mattina seguente. Nel dubbio, arrivarono entrambi con un'ora di anticipo. Stavolta avevano optato per un abbigliamento molto fresco: Catherine indossava una maglietta, un foulard di lino e ampi pantaloni azzurri dello stesso tessuto, Paul pantaloni di tela color kaki, una camicia azzurra button down e un paio di mocassini. Le calze verde giada non facevano difetto, notò lei.

Se si fossero trovati un quarto d'ora prima dell'inizio delle selezioni, sarebbero arrivati nell'atrio appena in tempo, soprattutto perché poi avrebbero dovuto fare una coda lunghissima davanti ai metal detector e ammassarsi dentro gli ascensori. Fosse stato mezz'ora prima, rischiavano di dover aspettare il proprio turno al bar. Con un'ora a disposizione, invece, potevano cercarsi un tavolo, mangiare con calma la loro brioche e poi chissà, ordinare un altro espresso da bere lungo il tragitto verso il tribunale.

Che fossero arrivati entrambi con largo anticipo rivelava quel che non avevano osato ammettere a loro stessi mentre si preparavano a casa.

« Se mi selezionano, mi sa che oggi la pausa pranzo salta. Dovremo organizzarci per un caffè più tardi. »

« E se ti sequestrano tutto il giorno? » le chiese Paul.

« Non fasciamoci la testa... » Catherine non terminò la frase.

« Giusto, prima ce la dobbiamo rompere. »

Capirono al volo che era tornata l'atmosfera scherzosa del giorno prima, e se la gustarono con il caffè e la brioche. Per non rischiare di perdersi di vista, Catherine prese il cellulare e si scambiarono il numero.

« Non voglio fare la guastafeste, ma mi sembra di vivere il nostro tempo insieme con il contagocce. »

Aveva ragione. Era bello condividere la stessa sensazione.

Vediamo come vanno le cose e teniamoci in contatto, disse Paul.

Sì, vediamo come vanno le cose, riecheggiò lei.

Poi si accorsero che, senza volerlo, sembravano due scassinatori della vecchia guardia intenti a sincronizzare gli orologi prima di far saltare la parete del caveau, e scoppiarono a ridere.

A colazione Catherine gli domandò dei suoi figli, di sua moglie, della sua vita. Era nonno?

Due figli, tre nipoti. Ultimamente gli piaceva dedicare più tempo al tennis, ai concerti di musica da camera, ai libri, ai corsi in palestra e ai film d'arte. Aveva una casa sulla spiaggia a East Hampton, ma praticamente non ci andava mai nessuno. Anni prima i suoi figli la adoravano, ma adesso vivevano insieme in una fattoria vicino Woodstock e stavano lì tutto l'anno. « Sono molto legati fra loro. Noi, invece, ormai siamo diventati due cittadini » le rispose. « E tu? »

Catherine aveva molti pazienti e, come gli altri suoi colleghi, non vedeva l'ora che arrivasse agosto. Aveva una figlia, un nipote, un marito e non possedeva case sulla spiaggia né in campagna. Preferivano viaggiare un mese intero per il mondo, con l'aggiunta di qualche periodo più breve verso Natale e in primavera. Anche suo marito era psicologo, perciò concentravano tutto in agosto, vacanze vere e proprie e preparativi connessi – ma era sempre il marito a occuparsene perché, a quanto sembrava, aggiunse con una punta di sarcasmo, per lui Catherine era troppo scombinata per riuscire a organizzare anche solo una cosetta banale come un viaggio all'estero.

Quest'anno non aveva programmato nulla, chissà che altro aveva per la testa. L'anno prima erano andati in Marocco, quello prima ancora a Guam, in primavera erano stati in Toscana, sebbene avesse ormai perso il conto delle volte che l'avevano visitata. Stesse città, stessi appartamenti in affitto, stesse passeggiate, qualche borgo antico abbarbicato su una collinetta ancora da scoprire, ciascuno con la propria rivendita di vini e di formaggi freschi artigianali, e il proprio famoso ritratto della Vergine sotto il soffitto marcescente di una chiesa che andava restaurata anche se mancavano i fondi. Dopo un po' ti viene a noia, gli disse. Questo agosto non sarebbero partiti. Anni fa prendevano una casa in affitto a Rhinebeck, e le mancavano i piccoli piaceri quotidiani di posti come il Casa Mia Resort.

Sentendo quel nome di fantasia, Paul scoppiò a ridere.

« È la battuta più vecchia del mondo, però la prima volta funziona » commentò lei, già sogghignando perché aveva fatto il verso alle sue stesse parole. Gli piaceva che le avesse prese in prestito per poi restituirgliele con una spinta in più. E adorava il modo in cui lei scherzava, soprattutto quando rideva.

« Hai due occhi splendidi » le disse appena si furono alzati.

Glielo ripetevano tutti, rispose Catherine, ma quando andava allo specchio per avere conferma, le sfuggiva a cosa si riferissero. « È come cercare di guardarti mentre alzi gli occhi al cielo. Impossibile! Forse anche scoprire chi siamo è un'impresa altrettanto ardua, ti pare? Non facciamo che guardare altrove. »

« Accetta il complimento e stop. »

Lei sorrise. « L'ho fatto, fidati. »

Bello come l'aveva detto.

Quanto al resto, continuò Catherine, era tutto merito di costanti opere di manutenzione. Pilates, spinning, yoga...

Quando Paul finì la brioche, le chiese se poteva prenderne un pezzetto della sua. Catherine rispose di sì, tanto aveva già fatto colazione. Cosa mangiava di solito? Semi di canapa, lino, girasole o zucca, fiocchi d'avena, pistacchi, uva sultanina e scaglie di mandorle.

« Ah, tipo le barrette energetiche. Non ti stufi mai? »

« Certo, ma è super salutare. A volte, però, vado in cucina, mi preparo una ciotola dei Cheerios al miele di mio nipote e me li mangio in piedi. »

« E la questione coriandolo, invece? » le domandò

all'improvviso, convinto che lei stesse per fare un riferimento al marito.

«Allora, la questione coriandolo...» ci rifletté lei, pensando a come rispondere. «Non sarà tanto diversa dalla tua, immagino» si limitò ad aggiungere, eludendo la domanda.

Lui ridacchiò, lei pure. Che volesse evitare un argomento delicato la diceva lunga, molto più che fornire una risposta elaborata.

«Questione difficile?» le chiese di nuovo Paul, cercando di sapere qualcosa in più del marito.

«Come in quella vecchia barzelletta dei due cani anziani» gli rispose Catherine, anche stavolta deviando dall'argomento. «Il cambiamento li ucciderebbe.»

«Idem, anche se qui i cani non c'entrano» aggiunse lui.

«Abbiamo ricominciato a parlare in codice?»

«Ma quale codice? Sappiamo entrambi a cosa ci stiamo riferendo.»

«*Giusto!*» rispose lei ammiccando. «Niente codici. Un po' come quando, da ragazzi, si andava al cinema e chi ti stava accanto ti sussurrava qualcosa. Non capivi un'acca, ma non c'erano dubbi su cosa volesse.»

Paul scoppiò a ridere.

«Spero che non ci selezionino per la giuria e ci lascino liberi presto» disse poi Catherine, cambiando discorso.

«In realtà non mi dispiacerebbe continuare così per un altro paio di giorni, basta che alla fine non ci prendano. Mi sembra proprio di vivere una vacanza improvvisata sulle sponde di un bel lago di montagna nel mezzo di una Manhattan rovente.»

«Vero. Anch'io mi sto divertendo. Qualche altra giornata come queste sarebbe...» Catherine non trovò nessun aggettivo che risultasse abbastanza innocuo e lasciò cadere la frase nel vuoto.

Paul aveva una vaga idea del perché, ma capì anche che a Catherine non importava quale significato lui avesse desunto da quelle parole.

«Dai, raccontami qualcosa di te.»

«È la strizzacervelli che me lo chiede?»

«In parte sì, ma non solo. Davvero nutrivi sentimenti contrastanti nei confronti del tuo lavoro?»

«Non sempre, ma ho vissuto dei momenti di stanca. Ho sprecato fin troppi anni e, benché fossi bravo e di sicuro soldi e benefit non guastassero, non mi permetteva di dedicarmi a ciò che avevo sempre voluto fare fin dai tempi dell'università.»

Catherine gli scoccò un'occhiata interrogativa senza aprire bocca, ma Paul capì comunque la domanda.

« Avrei voluto studiare Storia. Continuo a leggere libri e riviste sull'argomento e mi piacciono i grandi storici del mondo antico, che ho riletto quasi per intero. Sono felice, però? Non saprei. Cosa mi aspetta in futuro? Non so neanche questo. Dopo la pensione ci sarà un altro capitolo da vivere? Aspetto di scoprirlo. » Poi si zittì. « Ti ho detto più di quanto volessi sapere? »

« No, affatto. Anzi, cos'è che non mi hai ancora raccontato? » Adesso sì che a chiederlo era la strizzacervelli.

« Forse, a questo punto, ciò che mi tiene vivo è proprio aspettare qualcosa di imprevisto. Chiamalo il valore aggiunto della pensione. Bello o brutto che sia non importa, mi basta si tratti di un nuovo inizio. Il mio sogno? Andare in Grecia e in Italia, ma soprattutto visitare i luoghi descritti da Tucidide e da Livio. Voglio vedere con i miei occhi il lago Trasimeno e capire come mai tanti romani sono morti inutilmente per mano dei cartaginesi, oppure andare a Platea, che per un po' ha resistito a Sparta, ma che alla fine ha visto le sue donne vendute e ridotte in schiavitù e gli uomini condannati a morte perché nessuno sapeva dire cosa avesse fatto la città per servire la causa di Sparta nella lunga guerra contro Atene. E poi voglio andare a Siracusa a vedere dov'è stato ucciso il generale ateniese Nicia. Questi fatti non svaniscono nel nulla solo perché si sono verificati più di duemila anni fa. Niente svanisce nel nulla, comprese – e sto cominciando a capirlo adesso – le cose che avremmo voluto accadessero e che invece non sono accadute. Queste cose ci fanno soffrire e ci agitano il cuore e, se fossi uno strizzacervelli, direi che continuano ad assillarci anche quando siamo convinti di essercele lasciate alle spalle. Ma questo è il tuo lavoro, non il mio. Tu non hai voglia di andare a Vienna o a Londra per vedere dove Freud visitava i suoi pazienti? »

« Ci sono già stata, ma non mi dispiacerebbe tornarci. È un po' come andare in analisi: quando si vede il divano di Freud, la sua scrivania e la sua collezione di suppellettili, salta sempre fuori qualcosa di nuovo. »

« Non sono mai stato nella sua casa di Londra. »

« Sarei davvero felice di accompagnarti, ti piacerebbe. Jon odia le case museo. »

« Io, invece, ti mostrerò dov'è stato ucciso Archimede. Non l'ho mai fatto vedere a nessuno. »

« Sì, mi piacerebbe tanto » rispose Catherine. Poi, tornando in sé: « In un'altra vita, magari ».

«Certo, in quell'altra vita» rifletté Paul. «Hai sempre voluto fare la psicologa?»

«No, prima studiavo all'Accademia. Volevo diventare una pittrice. All'epoca andavo da un terapeuta – fidanzato buono a nulla, genitori invadenti, nessuna vera amicizia – ma alla fine avevo capito più io di lui che lui di me. Figurati che mi aveva pure incoraggiato a cambiare corso di studi e a scegliere Psicologia. Siamo usciti insieme per un po', ma si è rivelato molto peggio del fidanzato che mi aveva spinto a entrare in analisi, così l'ho mollato e sono tornata alla mia vita solitaria, che non era poi tanto male. Sono andata avanti così qualche anno, finché ho conosciuto Jon. Il resto...»

«Raccontami del tuo lavoro.»

«Quello che faccio mi piace. Mi piace guidare i pazienti, stimolarli e aiutarli a esprimere ciò che vogliono nonostante gli ostacoli che si sono creati da soli. Cerco di non chiedermi mai in cosa consistano, mi basta sapere che ci sono. Rimango sconcertata dal mio istinto investigativo, cosa di cui vado fiera, e amo il mio lavoro proprio per questo mix di suspense e sorpresa. Eppure...» Non concluse il pensiero.

«Eppure?»

«Com'è che hai detto prima? Il valore aggiunto

della pensione. Devo ancora stabilire se sia così o meno.»

Lui non era mai stato in analisi. «Non mi sono mai trovato in conflitto con me stesso e ho sempre temuto che, al contrario, scoprire certi dettagli mi avrebbe portato a esserlo.»

«Be', siamo a posto: l'aspirante pittrice e il futuro storico.»

Parlarono delle loro serie televisive preferite. Dei libri che amavano rileggere. Delle cene con gli amici.

«Sei felice, allora?» le chiese Paul.

«Non sono infelice. Tu?»

«Nemmeno io sono infelice.»

Poi, però, appena si resero conto di avere applicato la stessa patina dorata sulle proprie vite, scoppiarono a ridere.

E se ne avesse eliminato uno strato per lui?, pensò Catherine. Le tornò in mente quando la sera si struccava davanti allo specchio: rimuoveva il fondotinta, puliva i pori della pelle e poi si lavava il viso un'ultima volta, prima di vedersi al naturale e applicare la crema da notte e un olio speciale alle borse sotto gli occhi. Le rare occasioni in cui provava a fare l'amore con lei, Jon detestava il sapore della sua crema da notte. E forse era proprio per questo che lei se la metteva. In un modo o nell'altro, le diceva, c'era sempre qualcosa che si frapponeva. Spesso litigavano prima del sesso, tanto che alla fine non combinavano nulla.

Cos'è, voleva che diventasse vecchia prima del tempo?, gli chiedeva. Vecchia no, ma nemmeno viscida come un'anguilla, le rispondeva lui. Chi mai parlerebbe così della propria moglie? A volte uno dei due andava a dormire sul divano. E così sono passati gli anni.

Non sono infelice, aveva detto prima.

Lui non era messo molto meglio. In realtà non aveva motivi per lamentarsi. Gli piaceva vivere con sua moglie, gli piaceva il suo punto di vista su parecchie cose, seguiva i suoi consigli, anche quando non era sicuro di essere d'accordo. Era un marito esemplare, non cercava mai la discussione. Preparava quasi sempre lui la cena, quando i figli erano piccoli faceva i compiti insieme a loro e gli leggeva storie, e poi all'università correggeva gli elaborati che gli mandavano per e-mail nel tardo pomeriggio della domenica, specificando di averne bisogno al massimo per lunedì mattina, ovvero la sera stessa. Una volta li aveva aiutati a costruire un minuscolo recinto per due criceti. Quelli degli amichetti si erano rotti subito, a differenza del loro. Il segreto era il bordo rafforzato, realizzato con minuscoli cerini di legno presi dalla scatola omaggio di un ristorante. Secondo la moglie, invece, aveva avuto solo fortuna. Avrò anche avuto fortuna, ma era comunque indispensabile una certa abilità ingegneristica, non credeva? No, gli aveva risposto e poi se n'era andata, lasciando padre e figli a fissarsi a bocca aperta con quella tipica complicità silenziosa che a poco a poco si sarebbe consumata fino a esaurirsi del tutto, una volta cresciuti e andati via da casa.

Nemmeno io sono infelice, erano state le sue parole.

E con questo la loro breve conversazione davanti a quella colazione improvvisata poteva dichiararsi conclusa.

« Ancora non abbiamo spiegato la questione del coriandolo » disse infine Catherine.

Paul la guardò e si limitò a ringraziarla; le era grato per aver smascherato tutti i suoi astuti tentativi di depistaggio.

« Chi comincia? » le chiese.

« In realtà non siamo obbligati. Io sto già bene così, inoltre abbiamo altri piani. Cibo cinese per pranzo. Voglio che ordiniamo gli stessi piatti, nello stesso posto, alla stessa ora. Niente deve essere alterato o modificato. Il minimo cambiamento potrebbe far crollare tutto e riportarci al punto di partenza. »

« Troviamoci alle dodici e trentacinque giù all'ingresso. »

« Non abbiamo nemmeno bisogno di sincronizzare gli orologi. Se c'è qualche problema, mandami un messaggio. »

« Vediamo come vanno le cose. »

« Sì, siamo pronti all'azione. »

Quel gergo preso in prestito li fece ridere di nuovo e alleggerì la situazione.

Alle dodici e trentacinque, però, non si trovarono di sotto come pianificato, si incontrarono per caso nello stesso ascensore diretto all'ingresso. Non riuscirono a nascondere l'emozione, e del resto nemmeno ci provarono.

« Così avremo tre minuti in più » disse Paul. Non voleva provare un altro ristorante?

« No, davvero » gli rispose Catherine. Quello di ieri era perfetto. La zuppa arrivava in pochissimo tempo. Sette minuti per la zuppa, contò lui. Altri sette per tre ravioli a testa, e non osare rubarmene uno, lo mise in guardia lei. Se fosse andato tutto secondo i piani, avrebbero avuto modo addirittura di prendere un caffè veloce da Pirro.

« Perché la zuppa in una giornata così torrida? » gli chiese Catherine.

« È di rito » le rispose lui, la sensazione che le loro menti corressero su binari paralleli e che quel commento avrebbe cementato la reciproca comprensione di ciò che, con altri, avrebbe richiesto una spiegazione lunga e faticosa.

« È di rito » ripeté lei, confermando che erano sulla stessa lunghezza d'onda e non serviva aggiungere altro. Saperlo li rese euforici.

« Come ti è sembrato? » gli chiese Catherine una volta usciti dal ristorante, appena si ritrovarono nell'afa del primo pomeriggio.

« Semplicemente perfetto. Mi ritengo sazio e soddisfatto » le rispose Paul. « Un altro giorno così e le nostre vite cambieranno, diventeremo persone migliori, tratteremo i nemici con gentilezza, ci mostreremo disponibili verso chi non sopportiamo e magari scopriremo le cose più belle della vita prima che sia troppo tardi. »

« Ben detto. Sazia e soddisfatta. » Catherine ripeté le sue parole senza rimarcare che in pratica erano sinonimi. « Esattamente come mi sento io. »

« Un caffè ci starebbe proprio bene. »

Entrarono nel bar dove avevano fatto colazione al mattino.

« State partecipando alle selezioni per la giuria? »

chiese il giovane barista, immaginando che quelli che tornavano da lui più volte – e nel loro caso si trattava della terza nel giro di ventiquattr'ore – di solito erano potenziali giurati, l'aria persa e disperata durante la pausa pranzo.

Sì.

«Se mi processano per omicidio, di sicuro vorrei voi nella giuria.»

«Perché?»

«Sembrate molto felici e poco propensi a mandare qualcuno sulla forca.»

«Fra sette minuti ce ne dobbiamo andare.»

«Eh, lo so, sto facendo pù in fretta possibile» rispose il ragazzo con la barba da marinaio e un accento che spinse Catherine a chiedergli da quale parte d'Italia venisse.

«Napoli» le rispose.

«Napoli.» Catherine sospirò.

«Lo so» continuò lui, l'espressione all'improvviso malinconica, perché non ci voleva chissà quale capacità per interpretare quel sospiro.

Quando ci era stato l'ultima volta?, gli chiese.

«Tre anni fa. In occasione della morte di mia madre. E lei?»

«Due anni fa, per Pasqua.»

« Sì, Napoli! » Adesso toccò al barista sospirare. « Se la mia vita era diversa, adesso andavo in aeroporto e saltavo sul primo aereo per Fiumicino, poi prendevo un treno da Termini a piazza Garibaldi ed ero a casa – Posillipo, Sorrento, Marechiaro, il nostro paradiso, come dice la canzone di Murolo, *Dduje paravise*! »

« Chi non vorrebbe essere a Napoli? » disse Paul. « Mia madre è nata lì. Non ci è mai tornata, anche se l'aveva promesso. Mi ha insegnato un paio di canzoni napoletane. Ne conosco qualche verso, ma non ho idea di cosa vogliano dire. »

Lasciarono al barista una mancia generosa. Poi se ne andarono, arrivarono in tribunale puntuali e vennero fatti accomodare nella camera di consiglio, dove la guardia giurata si scusò all'infinito per l'aria condizionata che ancora non funzionava e che forse avrebbe deciso di continuare così per tutta l'estate. Li capiva.

« Andiamocene a casa, allora! » gridò qualcuno.

« Eh, magari... » replicò lui.

« Se alle tre... » iniziò Catherine ad alta voce.

« Alle tre ve ne potrete andare tutti. Promesso. »

In effetti a quell'ora vennero congedati.

« Metropolitana? » le propose Paul, poi capì al volo lo sguardo che gli scoccò Catherine. « Te l'ho chiesto perché ho dato per scontato che avessi commissioni urgenti da sbrigare.»

«No, non ho fretta.»

«Una millefoglie al Caffè Reggio, allora? So che sei un'amante dei cereali, ma vedrai che ti piacerà; poi ordiniamo due cappuccini e magari... riusciremo a fingere di essere a Napoli.»

«Dio mio, che splendida idea! Te ne esci sempre con idee così meravigliose? Ristorante cinese, caffè da Pirro, torte, cappuccini... ah, e non dimentichiamo le brioche al mattino. E come se non bastasse, pure l'illusione di essere in Italia.»

«Strano che tu dica così. Di rado propongo qualcosa, lascio decidere a mia moglie.»

«E perché?»

«Ci stiamo infilando in un tremolante cespuglio di coriandolo.»

«Oh, avanti, rispondi.»

«Perché le idee migliori vengono sempre a lei.»

«O forse perché non vuoi correre il rischio di sbagliare. Succede nella maggior parte delle coppie. Di sicuro tempo fa hai commesso un grave errore e lei te l'ha fatta pagare, per questo non vuoi che accada di nuovo.»

«Può essere, ma non ho idea di cosa possa aver fatto o di cosa io abbia paura. Inoltre, per voi strizzacervelli è sempre colpa del paziente, no? »

A quel punto Paul chiamò un taxi e chiese all'autista di portarli in Minetta Lane passando per la Sixth Avenue.

Catherine era curiosa di sapere perché conosceva quel bar.

« Ci vado da anni. Una volta, da ragazzo, avevo appuntamento lì ma sono stato bidonato e, in tutta onestà, non l'ho mai superata. Anzi, è molto probabile che l'abbia fatta pagare a tante delle ragazze con cui sono uscito dopo. »

« Compresa tua moglie? »

« Sì, forse. »

« E ciò potrebbe spiegare perché tempo fa ti ha rimesso in riga. Forse sentivi di meritarti quel bidone al Caffè Reggio, e forse ogni volta che qualcuno ti biasima, ti rimprovera o ti critica, avverti qualcosa di stranamente familiare che ti riporta alla tua adolescenza. Magari nel rimprovero identifichi un latente significato profondo nella storia della tua vita, una macchia che sembra non venir via con niente perché, come diciamo noi psicologi, non l'hai rielaborata. »

Paul la fissò. « Wow, Catherine, hai fatto centro! » riuscì solo a esclamare.

« Ho raschiato in superficie. Offre la casa. Ognuno di noi ha dentro di sé un bambino ferito che piange. Anche gli avvocati di successo. »

« La cosa buffa è che, analizzando la storia della mia vita, l'unica cosa che la tiene insieme è l'elenco dei miei innumerevoli *rendez-vous manqués*, come dicono i francesi, cioè appuntamenti mancati, opportunità mancate, incontri mancati, grossi errori, e tutte quelle occasioni che per un soffio non ho colto, ma che ancora fanno sentire la loro presenza e non mollano il colpo neppure molto tempo dopo che io stesso, invece, ci ho rinunciato. Il Caffè Reggio ne è un chiaro esempio. »

Il taxi sfrecciò verso la periferia e si fermò all'inizio di Minetta Lane.

« Mi sembra di essere in Italia » commentò Catherine appena si sedettero nella buia sala barocca che ricordava quei vecchi locali poco illuminati del Sud, dove il profumo delle paste e del caffè macinato addolcisce l'aria, mentre il sole del pomeriggio picchia sui marciapiedi deserti.

« Mi piace questo posto. »

« Davvero? »

« Sì. Perché ti stupisce tanto? »

Paul sapeva che lei lo aveva già intuito.

« Allora, dov'eri seduto quando ti hanno dato buca quella volta? »

Avrebbe voluto ridere, invece gli uscì solo un sorriso. « Proprio qui, dove siamo noi adesso. »

« La farai pagare cara anche a me? »

Non sapendo cosa dire, si limitò a scuotere la testa.

« Sei diventato rosso. »

« Lo so. »

Lo guardò. « Che tenerezza. »

I loro cappuccini arrivarono in tazze e piattini di porcellana color bianco e arancio con il logo del Caffè Reggio. Poi venne servito il dessert *de résistance*, come lo definì Catherine appena ne vide le dimensioni. A quel punto prese la forchetta e divise la millefoglie in due parti uguali, aggiungendo che non la mangiava da tempo immemore. « Inoltre » continuò, « sono secoli che non mi siedo a prendere un dolce e un caffè con qualcuno che, in un modo o nell'altro, non sia riconducibile al mio lavoro. Mia figlia, forse, o mia madre prima della demenza senile. In tutta onestà, devo tornare ai tempi della scuola di specializzazione. »

Ci rifletté un istante. « Il mio mentore di allora una volta mi disse che in genere i pazienti non vogliono cambiare davvero. Piuttosto, vogliono tornare a chi pensavano di essere prima di entrare in crisi, prima di perdere l'equilibrio e sentire che la loro vita aveva preso una piega sbagliata e stavano andando alla deriva. Magari questo discorso vale anche per me. Ci sono giorni in cui vorrei tornare a essere chi ero un tempo.»

«Prima della specializzazione? Prima di tua figlia?»

«Forse.»

«O prima del coriandolo?»

Non gli rispose. Sapeva che Paul aveva capito perché stava in silenzio, e gli era grata di non averla messa alle strette.

«Secondo me il tuo mentore si sbagliava. La maggior parte delle persone non vuole tornare a chi era prima o a un tempo in cui le cose sembravano andare per il verso giusto, ma vuole altro, vuole qualcosa di meglio, vuole un nuovo io che li segua come un'ombra anche se non saprebbe riconoscerlo neppure se gli suonasse il campanello o gli mollasse un pugno sul naso. Quello che vogliamo davvero è prendere in prestito tante cose dalla vita che sappiamo che ci spetta e poi morire prima di doverle restituire. Morire pieni di debiti.»

«Se tutti la pensassero come te mi ritroverei senza lavoro e sarei costretta a valutare il famoso valore aggiunto della pensione» rispose Catherine. «Può essere che tu non voglia trovare un nuovo io, ma semplicemente fuggire da quello che è stato bidonato e che da allora non ha compiuto passi in avanti e desidera riscattarsi.»

«Hai fatto ancora centro, dottoressa!»

«Merito del mio mentore e relatore della tesi. Alla fine, tornare indietro e andare avanti è la stessa identica cosa – come nelle caselle del gioco dell'oca o in Fortnite.»

«Ci devo riflettere.»

Smise di parlare di colpo, e questo strappò a entrambi un sorriso. A lui piacevano le idee nuove, soprattutto se provenienti da qualcuno che ti fissa con tanto candore mentre cerchi di rielaborare quanto hai appena sentito.

«E se invece chiedessimo alla vita delle piccole cose, Catherine? Prestare servizio nella giuria, un cappuccino, un pranzo in un buco scalcinato a Chinatown e mezza millefoglie, perché questo sono stato costretto a mangiare oggi pomeriggio.»

«Oh, scusami tanto, avevi in programma di sbafartela tutta?»

«No, mi è piaciuto molto quello che hai fatto con la forchetta.»

Poi prese la sua e mimò il gesto. Gli era piaciuta la postura decisa e aggraziata di Catherine mentre divideva la torta in due. C'era un proposito. In quel momento capì che in realtà non si era commosso per la grazia o il proposito nel dividere il dolce, quanto per la gentilezza, la cura e la spontanea gratuità del suo gesto che, irradiando da lei, lo avevano raggiunto, come se avesse voluto tenergli la mano ma poi si fosse ricreduta. La parola che gli venne in mente più tardi, quella sera stessa, mentre ripensava di continuo a Catherine al Caffè Reggio, fu *tenerezza*. In quell'istante anche a lui era venuta voglia di tenerle la mano, ma aveva frenato l'impulso, convinto che ci sarebbe stato un momento più opportuno, nonostante avesse tutt'altra sensazione. E infatti non ci fu.

Bevvero un altro sorso di cappuccino, si guardarono intorno, osservarono quel che accadeva lungo MacDougal Street, fuori dal bar, dove l'asfalto scintillava sotto il sole, molto probabilmente ammorbidito qua e là dal calore. Alla fine, con immenso piacere, si accorsero che, a parte i clienti seduti all'aperto, il bar era deserto, fatta eccezione per il barista dietro il bancone che preparava da bere e la giovane cameriera che fumava distratta all'ingresso, simile a un personaggio di un quadro di Edward Hopper in versione aggiornata.

« Adesso mi fumerei volentieri una sigaretta anch'io. »

« Idem. »

Si scoprì che avevano smesso da anni.

« Ti manca? » gli chiese Catherine.

« No. E a te? »

« No, però fumare aggiungeva quel tocco in più, anche se non riesco più a capire perché. »

« Forse aggiungeva una specie di aura alle cose, come una vita surrogata, di quelle in cui entriamo ma non ci tratteniamo mai tanto da sapere com'è viverci. Così fumiamo un'altra sigaretta e la osserviamo consumarsi, e ogni volta ci ritroviamo fuori, sul marciapiede delle nostre vite migliori, come quando si esce dal cinema la domenica sera passando da una porta laterale che dà su una stradina secondaria, disseminata di mucchi di spazzatura in attesa della raccolta del lunedì mattina. Mi piaceva chi ero quando fumavo. Sapevo che mi faceva male, ma ero abbastanza sciocco da credere che le sigarette mi riportassero alla mia vera vita in Technicolor. Come chiedere all'usciere accanto all'ingresso del cinema di farti rientrare, desiderare che le luci si riabbassino e che il film ricominci, che ti venga data una seconda possibilità. Secondo te ha senso parlare di una vita migliore?»

«Faccio la strizzacervelli, devo crederci per forza. A volte non possiamo fare altro che lottare.» Poi, con una risatina compiaciuta: «E francamente è ciò che dà lavoro a quelli come me».

Si accorsero che stavano cominciando a divagare.

«Cambiamo discorso. Ti piace camminare?» le chiese Paul.

«Indosso scarpe da ginnastica, no?»

«Per smaltire la torta, che era traboccante di crema e zucchero, potremmo andare a visitare qualche galleria d'arte, sempre che ti vada.»

«Per essere uno che non propone mai niente, scoppi di idee.»

«Il mio nuovo io» scherzò lui.

«Sarà quello che cerca di uscire dal pacchetto di sigarette in cui è intrappolato. Che marca fumavi?»

«Le Kent. E tu?»

«Oh, che ridere, anch'io.»

«Secondo te significa qualcosa?»

«Una pura coincidenza.»

«Forse io non voglio che sia solo una pura coincidenza.»

«Perché Freud non credeva alle coincidenze, intendi?»

«No, non per quello» rispose Paul. Pur consapevole di ciò che aveva appena detto, non era sicuro di volersi spingere oltre, dunque le chiese se conosceva la barzelletta dello strizzacervelli e dell'avvocato senza scrupoli che entrano in un bar.

«No» rispose Catherine, già ridacchiando.

«Entrambi si vantavano di fornire un servizio vitale all'umanità. 'Io mi prendo cura dello spirito delle persone' diceva lo strizzacervelli. 'E io dei loro diritti' ribatteva l'avvocato. 'Io sono capace di rivoltarti l'anima come un calzino.' 'E io di rigirare la legge a mio piacimento.' Alla fine il barista, stanco di tutto quel pavoneggiarsi, gli ricorda che però avevano una cosa in comune, ignobile e disgustosa. 'Sarebbe a dire?' gli chiedono quelli. 'Vi fate pagare per ascoltare gente che vi racconta un sacco di balle.'»

«L'hai inventata sul momento?»

«Sì. Secondo me anche noi due siamo trafficanti di menzogne che concludono affari in zone d'ombra, dove bugie per omissione e mezze verità sono ottimi compagni di letto. La gente è convinta di dirci la verità, invece no. Sostiene di voler scoprire la verità, invece no. Arriviamo a un punto in cui non sappiamo nemmeno più distinguere quale sia la verità o, pure peggio, se conti ancora qualcosa. Ragioniamo e diamo la nostra interpretazione, certo, ma la verità è un'altra cosa.»

«Può darsi, ma non lo ammetterei mai con nessun altro.»

«Lo diresti al tuo sciamano, al tuo maestro degli strizzacervelli?»

«Assolutamente no! Mai!»

Terminarono il cappuccino e lasciarono la mancia alla cameriera. Paul non riuscì a trattenersi e le confessò che le ricordava l'usciere del dipinto di Hopper.

Lei conosceva quel quadro, e il paragone la emozionò. Cosa l'aveva spinto a una riflessione del genere?

Il modo in cui se ne stava in piedi accanto all'entrata, le disse, pensierosa, quasi assente, con ogni probabilità concentrata sul suo fidanzato.

Sorrise. «*Fidanzata*, prego» si limitò a rispondere lei.

«Oh, scusami, appartengo alla vecchia scuola, sono un caso disperato.»

Lei scosse appena la testa, a significare che non c'erano problemi, ci mancherebbe, nessuna offesa – il genere di condono che si concede al nonno decrepito che non starà nei paraggi ancora per molto e comunque non capirebbe.

« Tipico dei giovani: prima ti pugnalano e poi rigirano il coltello nella piaga. »

Aumentarono il passo e attraversarono Sixth Avenue, poi, all'inizio di Carmine Street, Catherine gli disse che John Sloan aveva catturato quel punto esatto della Sixth Avenue in un suo famoso quadro. A quanto sembra, quando la linea della metropolitana sopraelevata era stata demolita nessuno si era voluto prendere carico dei detriti tranne il Giappone, che aveva importato l'acciaio con cui poi aveva costruito gli aerei che avrebbero bombardato Pearl Harbor. O almeno così narra la leggenda.

Come faceva a saperlo?

L'aveva letto da qualche parte.

Arrivati ad Abingdon Square, toccò a Paul raccontarle che alcuni anni prima aveva perso la testa per una donna che lo faceva sentire più vecchio di suo padre di almeno un decennio.

« Prima ti ha pugnalato e poi ha rigirato il coltello nella piaga anche lei? » gli chiese Catherine con un sorriso ironico stampato in faccia.

« L'ho presa bene » le rispose, « dunque probabilmente non mi riprenderò mai. »

«Quante volte non ti sei più ripreso?»

Paul colse la battuta. «Se torniamo ai tempi dell'asilo, centinaia. Che poi... ci si riprende mai del tutto?»

«Io dovrei saperlo, giusto? No, non penso. Siamo composti da strati di traumi e pene d'amore, alcuni profondi, altri meno; in men che non si dica, però, questi ultimi sembrano scivolare via e svanire nel nulla, mentre i traumi più profondi risalgono in superficie, come in una lampada lava. Anzi...» rifletté un istante prima di continuare «ne avevo una anch'io, di queste lampade, e mi ha dato l'ispirazione per la tesi di laurea: ogni volta che mi allontanavo dal tema, non dovevo fare altro che fissarla ed eccolo là che mi strizzava l'occhio. Siamo tutti delle piccole lampade lava, in continuo subbuglio nel tentativo di scoprire chi siamo davvero, cosa vogliamo, dove stiamo andando.» Catherine ci pensò su un momento. «Non parlavo così da secoli, sai?»

«Nemmeno con tuo marito, che fa il tuo stesso lavoro?»

«Soprattutto con mio marito. Prima, alla scuola di specializzazione, discutevamo di certe questioni all'infinito – c'era parecchio di cui parlare, tante cose da dire e da imparare l'uno dall'altra. Forse è proprio per questo che ci siamo sposati. Era tre anni avanti a me, dunque demandavo sempre a lui; ben presto, però, ci ha fatto l'abitudine e non è più cambiato. Adesso, di tanto in tanto, quando ritengo sia in errore e glielo dico, lui rimane sbalordito, deluso, allora faccio un passo indietro e, per il quieto vivere, torno alla mia solita, forzata docilità. Ironia della sorte, è proprio l'eccesso di confidenza che allontana le persone. Ripetiamo le stesse cose fino al giorno in cui non abbiamo più modi nuovi per dirle, poi ci stanchiamo perfino di comunicarle e di ascoltare la risposta, finché il nostro cauto silenzio diventa uno stile di vita e ci ritroviamo alla deriva come due battelli a vapore senza timone e con il motore spento. Confondiamo la confidenza con l'intimità, invece è solo abitudine – e l'abitudine è l'anticamera del silenzio.

« Parliamo pochissimo, come se il silenzio non fosse diventato solo uno stile di vita, ma il nostro modo di evitare quelle due o tre parole che potrebbero mandare tutto all'aria. Il silenzio è il soprannome che diamo alla nostra guerra soffocata. Perché due persone possano intavolare una conversazione, serve una sintonia di base. Se hanno un certo grado di sintonia e di affetto reciproci, anche individui con idee diametralmente opposte e interessi incompatibili possono parlare per ore. Chi, invece, ha un sacco di interessi in comune ma manca di sintonia, vive in silenzio. Inoltre, mio marito si comporta in maniera apertamente secca e brusca con me. E capisco perché. Per compensare il suo atteggiamento ed evitare che la barca vada a fondo, sono io quella che fa un passo indietro, ma poi lui si serve delle mie presunte insicurezze per sminuirmi ulteriormente, ecco perché ha da ridire sulle fatture che mando ai miei pazienti ogni mese o mi rimprovera per come mi comporto con mio nipote. Guarda, giusto ieri sera mi ha preso in giro per questa cosa della giuria. Ho lasciato correre. A volte l'abitudine richiede nuovi filtri, addirittura ostacoli, così come le case vecchie necessitano di nuove staccionate e nuovi alberi. Con uno sconosciuto, invece, l'intimità si crea all'improvviso proprio perché ci mettiamo meno sulla difensiva e le abitudini non si sono ancora create. Mi vengono in mente un paio di persone in particolare.»

«Cioè quei due che si sono conosciuti in camera di consiglio, hanno pranzato in un ristorante cinese e non la smettevano più di parlare, ma poi stavano iniziando ad aprirsi troppo e...»

«... e avevano paura che tutto questo potesse finire una volta terminate le selezioni per la giuria?»

«Lo pensi davvero, che possa finire?»

« Spero di no, ma non si può mai sapere. »

« Sei felice che ci siamo conosciuti? »

« Sì, molto. E tu? »

« Moltissimo. »

Poi, d'istinto, Paul le accarezzò la guancia con una mano.

Catherine non sembrava infastidita. « Stavi flirtando con me? » gli chiese però, guardandolo dritto in faccia.

« In realtà ti stavo facendo una confidenza, o almeno pensavo. »

« Sì, certo, ma eri anche a tanto così da qualcos'altro. »

« Ed è una cosa terribile, giusto? » le rispose con una punta di sarcasmo.

« Non lo so. La giuria non si è ancora ritirata per deliberare. Davvero hai letto *Cime tempestose* due volte? » Catherine voleva dimostrargli che anche lei sapeva come cambiare discorso.

« Ben più di due, in realtà, ma poi mi avresti considerato uno svitato, uno di quelli che in metropolitana ti fissano, cercano di attaccare discorso appena intercettano il tuo sguardo e non ti mollano più. »

Raggiunta la prima galleria d'arte, videro che esponeva quadri astratti. Sarebbe stato difficile scambiare per piacere il tipo di curiosità con cui li esaminarono, dunque se ne andarono senza neppure salutare.

In quella successiva, notarono un piccolo quadro di cui invece si innamorarono subito. Visitarono le sale successive e poi tornarono lì, infine ammirarono altre opere dello stesso artista e per la terza volta tornarono al punto di partenza. Era un paesaggio marino visto da un balcone, molto probabilmente di una stanza d'albergo, che poteva trovarsi a Nizza, Collioure o qualche altra località del Mediterraneo.

« Ci vivrei volentieri in quella stanza sul mare » disse Paul mentre fissavano il quadro.

Che commento bizzarro, pensò Catherine, e all'improvviso ebbe un'illuminazione: *Quest'uomo non è felice.*

« Magari è la vista dal tuo famoso Hotel Segreto. »

« Sì, può essere. »

A lui non sarebbe mai venuto in mente, però aveva ragione.

La ragazza della galleria capì che il quadro li aveva colpiti e allora spiegò loro chi era il pittore, dove l'aveva dipinto e a quale fase della sua ampia produzione apparteneva. Aveva vissuto a San Sebastián e ad Antibes, poi si era trasferito nel Sud Italia, disse. Potevano fotografarlo con l'iPhone? Sì, certo, rispose il proprietario della galleria che, fiutando una possibile vendita, andò in soccorso della sua assistente, chiaramente nuova del mestiere. Paul scattò una foto. Anche Catherine.

L'avrebbero comprato?, si chiesero una volta usciti, continuando a fissare il telefono.

« D'impulso sì, mi piacerebbe, ma il problema è dove appenderlo » disse Paul.

« Io direi nella tua stanza dell'Hotel Segreto a Napoli » lo stuzzicò lei.

Paul colse l'imbeccata ma non rispose. Quello che più gli piaceva di Catherine era la sua capacità di leggergli nel profondo e arrivare in ogni sinuosa ansa della sua personalità, e non solo perché faceva la psicologa; adorava il modo in cui lei gli entrava dentro e ne coglieva i pensieri, i sentimenti, le speranze, i desideri, persino i difetti e, naturalmente, i rimpianti. Questo aspetto lo emozionava, forse perché gli succedeva di rado nella vita, molto di rado, o semplicemente perché era lei. Se anche Catherine avesse trovato qualche pecca, pazienza. Bello, anzi.

Entrarono in una terza galleria, vagarono per le sale, finsero di ammirare le installazioni ma poi, vedendo che era l'ultima in quel tratto di strada, decisero di tornare a dare un'occhiata al loro quadretto preferito. La seconda volta li colpì ancor più della prima. Aveva acquisito una certa familiarità, come se lo avessero sempre avuto in casa ma poi fosse stato tolto dalla parete, approdando per puro caso in questa minuscola galleria d'arte a Chelsea. Se quel quadro apparteneva a loro, pensò Paul, allora di sicuro vivevano già insieme.

«Cosa ne direbbe il signor Coriandolo?» le domandò infine mentre stavano attraversando il viale, diretti verso l'ingresso del parco lungo la High Line.

«Coriandolo si incupirebbe, imparerebbe ad accettarlo e fingerebbe di apprezzarlo, ma sotto sotto lascerebbe trasparire una certa insofferenza. La signora Coriandolo, invece?»

«Claire» le disse. «Non le farebbe né caldo né freddo, anche lei all'inizio non sarebbe d'accordo, ma finirebbe per amarlo.»

«Dovremmo comprarlo e, a differenza di quanto è accaduto al figlio di Salomone, dividerlo davvero in due e appenderne ciascuna metà nell'angolino privato della nostra casa immaginaria.»

Ah, adesso abbiamo una casa?, stava per domandarle.

«E così hai una casa segreta?» disse invece.

«Non ce l'hanno tutti?»

« Immagino di sì. »

« Lo ammettiamo di rado, ma ogni santo giorno per qualche secondo, senza neppure rendercene conto, scivoliamo nelle nostre vite non vissute, qualcuno mentre fa la doccia e parla tra sé, canta o addirittura balla al ritmo di una musica che viene da un'altra stanza. Sotto la doccia alcuni piangono, sperando che non li senta nessuno, altri ridono senza freni ripensando a episodi che continuano a trovare divertenti, ma che saggiamente non rivelano in pubblico. »

« Se ho ben capito, per sgattaiolare pochi minuti in un luogo immaginario qualcuno fuma sigarette mentre altri si lavano. »

« Esatto. Altri ancora – e guai a te se lo racconti in giro – mi pagano profumatamente per stare da soli con loro stessi. »

« Così fai sembrare banale il tuo lavoro, però. »

« Fidati, molti pensano che non sia tanto diverso dalla professione più vecchia del mondo. »

Scoppiarono a ridere.

« Be', anni fa questa zona di mattatoi sarebbe stata il quartiere perfetto per quel tipo di professione. » Poi, voltandosi: « È qui che inizia la High Line? »

Salirono l'ampia scalinata.

Il parco brulicava di turisti che parlavano ogni lingua possibile e immaginabile. Una Babele. Si liberarono di un mendicante e si avvicinarono a un uomo che suonava un sax tenore, poi, abbandonando la strettoia lungo uno dei sentieri infestati dall'erba alta, si fermarono davanti a un signore anziano seduto su una panchina che fissava distratto la stazione di Hoboken, sulla riva opposta dell'Hudson, l'aria così smarrita e desolata da ricordare un ritratto di Diebenkorn.

« Chissà com'è stata la sua giornata finora » si chiese Catherine. « Non felice, temo. E la cosa più triste è che probabilmente sa che non migliorerà prima di sera. »

Incapace di trattenersi, d'impulso gli si sedette accanto e gli chiese a cosa stesse pensando.

« Niente di piacevole » rispose lui, composto. Perché?, gli domandò lei allora.

« Ultimamente mia moglie non mi riconosce, non sa nemmeno più chi è, e mi parla in croato. Sa, io sono ungherese, perciò abbiamo sempre comunicato in inglese, ma sta cominciando a dimenticarsi le parole; ormai l'inglese è volato via dalla sua vita, come un fantasma, e di conseguenza tutto quello che avevamo è andato perduto. Sono diventato un fantasma anch'io, e non voglio esserlo. »

« Sua moglie si trova da sola in casa adesso? »

«No, è con la badante; più tardi verranno a tenerle compagnia nostro figlio e i nipoti.»

«Da quanto tempo state insieme?»

L'uomo alzò la testa e le sorrise. «Da quando ci siamo conosciuti, una sessantina d'anni fa.»

«Sono stati anni belli?»

«Sì, bellissimi. Adesso, però, che importanza ha? Non possiamo più parlarci. È tutto quanto cancellato. E io sono davvero esausto. Sono stanco delle badanti, stanco di mio figlio e dei nostri nipoti, stanco di tutti. Voglio stare da solo. Ecco perché vengo qui.»

«E io la sto disturbando, mi scusi...»

«Ma no, la prego, non deve scusarsi. Grazie per la chiacchierata, piuttosto. È raro parlare con uno sconosciuto che ti capisce.»

«Sono una psicologa. Se non capisco io...»

«Che strano» le rispose, fissandola per qualche istante in silenzio. «Io ero uno psichiatra, ma stiamo parlando di molto tempo fa. Poi sono andato in pensione, anche se non avrei dovuto.»

Il signore si alzò e si presentò, dandole la mano. Non tornò a sedersi, anzi decise di incamminarsi.

«Che tristezza» commentò Paul.

«Davvero.»

«Penso sia inevitabile che vada a finire così.»

Il senso della frase lo afferrarono entrambi, ma nessuno dei due aveva voglia di discuterne o di chiarirlo.

Continuarono a passeggiare lungo la High Line finché non raggiunsero l'uscita per Chelsea, e scesero le due rampe di scale. Rimasero lì a chiacchierare del più e del meno, poi ripresero a camminare e si resero conto che stavano andando verso le rispettive fermate della metropolitana. Lei avrebbe preso la linea C diretta fuori città in Eighth Avenue, lui il treno locale per Lexington. Con ogni probabilità, le disse Paul, avrebbe fatto un salto da Eataly per comprare delle verdure. Passando davanti a London Terrace Towers, Catherine gli raccontò che era cresciuta lì e che ci aveva abitato molto prima di conoscere suo marito. Quando i suoi genitori si erano trasferiti in Florida, le avevano permesso di restare per frequentare l'università.

« No, non ci credo! » Anche lui aveva abitato lì! Confrontando il periodo, scoprirono che combaciavano solo il 1978 e il 1979. Si chiesero quanti anni avessero all'epoca, pentendosene un po', perché così avevano involontariamente svelato le rispettive età.

« Magari ci siamo incontrati » azzardò Catherine.

« È più che probabile. Io facevo l'avvocato da poco,

e mi ero appena trasferito a New York dopo la scuola di specializzazione.»

Con loro immenso stupore, scoprirono di aver abitato proprio nello stesso palazzo, al civico 455.

«Allora ci siamo incontrati di sicuro» disse Paul.

«Io ero una psicologa in erba, sinistroide e molto ma molto post-hippy, indossavo sempre il body anche se non avevo mai preso una lezione di danza. In quegli anni il body viola ce l'avevano tutte.»

«Io, invece, ero un giovane avvocato con la puzza sotto il naso, che si atteggiava di continuo ed entrava e usciva dallo studio con la borsa della palestra e una racchetta da squash in mano.»

«Magari ci siamo incontrati dal fruttivendolo o alla lavanderia automatica, in piscina o davanti alle cassette delle lettere. Oppure in ascensore. Sì, in ascensore ci siamo incrociati per forza.»

«Che cosa ci dice tutto ciò?» le chiese Paul.

«Perché, dovrebbe dirci qualcosa?» ribatté lei con il tipico, velato tono da psicologa che è sul punto di svelare chissà quali segreti sepolti.

«Sì, e lo sai.»

«Intendi qualcosa su di noi a quel tempo?»

Paul esitò un istante. «No.»

«Forse è meglio se ci salutiamo qui» disse Catherine

quando arrivarono alla stazione della metropolitana in Eighth Avenue.

Non c'era traccia di rimprovero nelle sue parole. Paul capì che non lo stava dicendo solo a lui, ma anche a se stessa.

« Domani mattina? » gli chiese.

« Assolutamente sì. »

Mercoledì

Il giorno seguente si incontrarono ancora prima del solito. Catherine non portava il foulard e non si era truccata, indossava una tuta turchese leggera e un diverso paio di scarpe da ginnastica, spalle e avambracci sempre scoperti. Paul aveva un cappello di paglia, una camicia bianca button down e gli stessi pantaloni di cotone, uno zaino di tela leggero in spalla. Sembrava stessero andando in spiaggia.

« Siamo poco formali oggi. Magari ci porterà sfortuna. Dando per scontato che non verremo scelti come giurati forse stiamo sfidando il destino. Io sono molto superstiziosa al riguardo » commentò lei.

« Nonostante tu faccia la strizzacervelli? »

« Credo nel pensiero magico, okay? Non rivelarlo ai miei pazienti, però. È uno dei miei vizi. »

« Quanti ne hai? »

« Ogni cosa a suo tempo! »

« Aspetterò. »

Si misero a sedere, ansiosi di chiacchierare nella manciata di minuti che sapevano di avere a disposizione.

« Sto molto bene con te » disse lei appena le loro due brioche – o *cornetti*, come le chiamò il barista in italiano – vennero servite al tavolo insieme a due espressi doppi.

Come sempre, tante cose da dire e poco tempo a disposizione.

« Be'? » gli domandò infine Catherine, non sapendo perché l'avesse detto o a che scopo.

Anche Paul avvertì una crescente tensione e poi si ritrovò a chiederle: « Ieri sera mi hai pensato? » La sua era una domanda innocente, per riprendere il discorso da dove l'avevano interrotto il giorno prima, ma quel « ieri sera » buttato lì senza che potesse evitarlo sembrava inutilmente avventato, e lui era più preoccupato di metterla a disagio che di rivelarle pensieri incensurati che lei avrebbe smascherato subito. « Scusami, devo essermi espresso male... la giuria potrebbe non tenere conto di quest'ultima affermazione? »

« Pensavo che gli avvocati non facessero mai le domande senza conoscere già le risposte. »

« Già, ma forse non indossavo i panni dell'avvocato e la mia era una semplice curiosità. »

Catherine lo guardò, poi spezzò la punta della sua brioche. « Che risposta ti aspettavi? »

Ormai era impossibile fare marcia indietro. « Avrei voluto che dicessi di sì. »

« Sì, allora. »

Il tono della sua risposta risultò smaccatamente evasivo, addirittura affrettato, e lo lasciò insoddisfatto. « D'accordo, te lo chiedo in un altro modo: ieri sera mi hai pensato? » le domandò, usando le stesse identiche parole di prima.

« Certo. Perché, tu non mi hai pensato? »

« Ieri sera? »

« Sì. »

« Non me lo ricordo. » Paul tentò di trattenersi dal ridere, invano. « No, in realtà l'ho fatto, e molto. » Poi aggiunse: « Avrei voluto ci fossi anche tu al corso in palestra. Poi avrei voluto andare a cena con te, avrei voluto tante cose. Non mi succedeva da secoli ».

« Stai di nuovo flirtando, Paul? »

« Se devo essere sincero, non lo so. »

« Quindi stai flirtando. »

« Immagino che sia così. »

« Chi ti capisce è bravo... »

« Onestamente, non posso che essere d'accordo con te. »

Impossibile distinguere chi dei due stesse scherzando e chi, invece, fosse serio, ecco perché alla fine Catherine accusò entrambi di comportarsi come dei pagliacci.

Vedendoli ridere di gusto, il barista li interruppe e regalò loro un *cornetto*. Li aveva preparati lui stesso, spiegò.

« Questo posto è un'altra via d'accesso all'Italia » commentò Paul, non appena il giovane tornò dietro al bancone. « Io, te, il fatto che siamo qui, che iniziamo presto ogni mattina... Sembra quasi che abbiamo mollato tutto per starcene all'ombra di un piccolo caffè italiano, prima di sfidare il caldo e avviarci alla fermata di un bus turistico per Caserta, dove non sono mai stato. »

« Allora » intervenne di colpo Catherine, « hai detto a tua moglie perché sgattaioli fuori di casa così presto al mattino? »

« Vuoi sapere se le ho raccontato di te? No. E tu? »

« No, nemmeno io ho detto niente a tua moglie » gli rispose lei in tono scherzoso. « Parlami di lei, non la nomini mai. Di cosa si occupa... Claire, giusto? »

« È caporedattrice in una rivista di moda. Le capita di lavorare anche di notte, viaggia spesso, le piace molto. »

Tornando ai suoi nipoti, lui li vede di frequente?

« Quasi mai. Mio figlio lavora sempre e viene poco in città. Ogni volta che siamo andati a trovarli noi, erano troppo occupati per dedicarci più di mezz'ora, perciò evitiamo. Li sento via Skype, ma raramente. E tu, tuo nipote? » le domandò.

« Io sempre » gli rispose. Era l'amore della sua vita.

Un attimo dopo, nella sala d'attesa, Catherine venne convocata tramite interfono. Paul le augurò buona fortuna.

« Altrettanto » gli rispose lei. « E non sparire, ti prego. Ci sono ancora tante cose che voglio sapere di te. »

« Lo stesso vale per me. Ci vediamo qui. »

Alle dodici e un quarto, però, era chiaro che qualcosa non andasse per il verso giusto. Paul stava leggendo il giornale, ma cominciò ad agitarsi. O Catherine era stata selezionata, pensò, oppure l'avevano scartata e aveva deciso di tornarsene a casa. Riconobbe quell'angoscia che si prova quando vengono meno le speranze ma, pur essendo sul punto di gettare la spugna, si tiene duro. Gliene aveva parlato al Caffè Reggio. Questa cosa tra noi, rifletté, potrebbe anche finire sul fondo di una lampada lava e, se mai fosse tornata a galla, magari sarebbe successo tra anni. Oppure si sarebbe dimenticato in fretta di lei. Riuscì addirittura a persuadersi che in realtà non aveva voglia di rivederla, che non gli era dispiaciuto passare del tempo con una sconosciuta, ma che la situazione aveva preso una piega un po' imbarazzante e forse era giusto salutarsi. Abbiamo avuto il nostro momento, si disse, ricordando la parola che aveva usato il giorno prima. Lei non era meglio di tante altre, e nemmeno lui. Eppure... un vero peccato, pensò.

All'una passata, Catherine si presentò da lui. «Oh, che manica di idioti!»

Era senza fiato, sia perché aveva corso, sia perché si sentiva ancora agitata dopo il diverbio con il procuratore.

«Raccontami tutto con calma.»

«Quel ragazzo aveva appena compiuto diciotto anni ed era stato accusato dalla polizia di rapina a mano armata, ma francamente sembrava più innocente lui del poliziotto, una specie di salsiccia imbottita di grasso, veleno e razzismo. Ho detto che sarei stata imparziale solo se il poliziotto si fosse sottoposto alla macchina della verità. Secondo te gliel'hanno fatta? No. 'Invece al ragazzo gliel'avete fatta, vero?', ho chiesto. *Perché fidarsi di quell'agente con la faccia da bruto, che ruminava la gomma da masticare in aula?*, ho pensato. Mi hanno congedato sommariamente. A quel punto ho lanciato un'occhiata furibonda sia al procuratore sia al poliziotto. E lo chiamano un processo equo! »

« Ci tenevi a far parte della giuria? »

« No. »

« Bene, allora se ti sei comportata come una pazza isterica di solito funziona. La brutta notizia è che dovremo saltare il pranzo. Non abbiamo abbastanza tempo prima che ci convochino di nuovo nel pomeriggio » le disse.

Al mattino Catherine aveva comprato un pacchetto di M&M's. Ecco il nostro pranzo, gli comunicò, agitandogli davanti la busta marrone ancora sigillata. Paul, invece, aveva nello zaino delle compresse antiacido. « Dovremo usare la fantasia, e anche tanta... »

« Un M&M's rosso per me e uno blu per te. »

« Blu non mi piace » le disse lui.

« Okay, allora te ne lascio due gialli, ma a quello rosso non rinuncio. »

« Perché due gialli? »

« Perché ogni confetto giallo ne vale mezzo blu. Lo sanno tutti. »

« Ah, capito. »

Poi realizzarono che in tanti anni non avevano mai contato quanti M&M's ci fossero in una busta.

«Che buffo, la gente se li divora senza contare mai quanti sono» osservò Catherine.

«Se uno ha un full di confetti, tre di un colore e due di un altro, vince qualcosa?»

«Sì, a meno che l'altro non ne abbia quattro uguali. Lo sanno tutti.»

«Non mi dispiacerebbe trovarne uno giallo.»

Senza guardare, Paul infilò la mano nella busta che Catherine teneva aperta.

«Rilanci o passi?» gli chiese lei.

Quando pescò alla cieca proprio un confetto giallo, scoppiarono a ridere.

«È divertente» commentò lui.

«Lo so.»

«Anch'io so una cosa» continuò Paul, guardandola dritto in faccia.

Catherine sostenne lo sguardo per dimostrargli che aveva già capito. «Non dire una parola.»

«Lo sai anche tu, però.»

«Credo di sì.»

«Sto passando il limite?»

Catherine ci rifletté un istante. «Mi stai mettendo in difficoltà.»

« Lo so. » Poi, accorgendosi che forse aveva esagerato, le chiese: « Ho insinuato qualcosa di non vero? »

« Non ho nessuna intenzione di rispondere. »

« In realtà l'hai appena fatto. »

Finirono di mangiare gli M&M's.

« Ho avuto paura prima » le disse poi, riferendosi al momento in cui pensava che non sarebbe più tornata.

« Non volevo farti preoccupare. »

Rimase colpito da quelle parole, e si zittì di colpo. Nell'atrio faceva così caldo che all'interfono la guardia invitò tutti ad andare a casa e ripresentarsi la mattina seguente, nove e mezzo in punto.

« Pranzo? » propose Paul.

« Direi di no. » Non aveva più fame.

Decisero di prendersi una bottiglia d'acqua frizzante ciascuno, ben fredda.

Tornarono da Pirro e si misero in coda al bancone.

« Niente giuria oggi? » domandò il loro cordiale barista di Napoli.

« Ci hanno congedati. Troppo caldo » gli spiegò Catherine. « Allora, qual è la zona di Napoli che preferisce? » chiese.

« Tutte. » Con voce straordinaria, intonò le parole di una vecchia canzone napoletana sulla sua città, la terra del sole e del mare, dove si canta e si parla sempre d'amore.

« Sì, tutte. » Poi passò a una canzone in italiano, la voce incredibilmente melodiosa. « L'ha composta un tale nato a Bologna, non a Napoli » spiegò, « ma parla di Caruso, che torna a Napoli per trascorrere gli ultimi giorni della vita sua in un hotel della città. »

I clienti gli chiesero di cantarla di nuovo e, dopo un attimo di tentennamento, fu felice di accontentarli. « Mi viene la voglia di piangere » commentò nel suo inglese un po' stentato. E in effetti, dopo aver eseguito ancora qualche verso, si tolse gli occhiali da sole e, prendendo un tovagliolino di carta dal dispenser sul bancone di cristallo, si asciugò le lacrime.

« Mo' dove andate? » chiese loro.

« Non lo sappiamo. »

« Sapete cosa vi dico? » rispose, rivolgendosi a Paul. « Lei si mette il grembiule mio e viene dietro al bancone, ce la porto io la signora a fare due passi. »

Non era chiaro se fosse una battuta o no, ma la risposta di Catherine lasciò Paul di stucco.

« Impossibile. Lui sta con me e io sto con lui. »

« In tal caso, *ce vedimmo mañana* » rispose il barista mischiando napoletano e spagnolo. « Si capisce che non mi volete bene. »

Catherine si allungò sul bancone e gli diede un bacio sulla guancia.

«Mi chiamo Pirro.»

«Piacere, Catherine.»

«E quello non è flirtare, scusa?» le chiese Paul mentre uscivano.

«Può essere, ma oggi sono felice.»

A passo spedito, in meno di mezz'ora arrivarono alla High Line. L'aria era calda e afosa, ma nessuno dei due sembrava badarci. Il parco era in piena fioritura e brulicava di turisti.

«Se chiudo gli occhi, tra un paio di secondi potrei anche trovarmi in Italia» disse Catherine.

«Anch'io. Cosa ti piace dell'Italia?» le domandò Paul.

«Tutto. L'estate, le città, i paesi, le facce, l'acqua, il cibo, il vino, le nonne anziane, i bambini, la gente, il loro temperamento, l'impazienza nel voler ottenere la massima resa con il minimo sforzo, la gentilezza invadente, perfino quell'atteggiamento brusco e un po' strafottente quando sono arrabbiati. Non hanno mai dimenticato cosa significhi essere umani, loro.»

«Noi sì, invece?»

«Quello che raccontano i miei pazienti mi conferma che abbiamo perso qualcosa. Forse anch'io.»

Paul non disse nulla. « Mi è venuta un'idea, favolosa ma folle. Prendiamo un aereo e andiamo in Italia » le propose poi.

« Credi che dopo due giorni riusciremmo ancora a sopportarci? »

« Sì, forse. Oppure no, chi può dirlo. »

« Non sono più così sicura che una persona possa trovare in me qualcosa di piacevole, ancor meno di sopportabile. A volte ho la sensazione che ormai non sia più tempo per me di avere un altro uomo nella mia vita, o sono io che non ho più niente da offrire. Be', diciamo anche che mi sfugge il motivo per cui le persone vogliano stare insieme o a cosa servano gli altri. Forse, come diceva il nostro caro amico ungherese, è meglio stare da soli che con qualcuno che ti fa sentire solo. Magari l'Italia che ci siamo immaginati, la nostra Italia, si rivelerebbe un disastro. »

« Se ti consola, quando saremo tornati a casa stasera avremo già cambiato opinione e penseremo che l'idea del viaggio sia insensata. »

Lei annuì, sì, in effetti non aveva alcun senso. « In realtà nessuno dei due ha davvero voglia di andare all'estero. Come hai detto tu, tra due sconosciuti si crea subito intimità, è una cosa naturale. Inoltre... »

« Inoltre? »

«Io e te siamo due persone ordinarie, sole, che guarda caso sono sposate e a questo punto della loro vita non hanno più tutta questa voglia di fare grossi cambiamenti in casa propria.»

«Sì e no» rispose Paul. «Saremo anche due persone sole, metti pure ordinarie, ma conoscerci ci ha reso felici ed euforici, più di quanto ci accadesse da anni. Da anni non mi sentivo contento di essere chi sono, né mi trovavo interessante come in questi ultimi giorni. Avevo dimenticato cosa si prova a stare con qualcuno che non vede l'ora di ridere con me, di sapere cosa mi piace e cosa penso, e con cui muoio dalla voglia di chiacchierare ogni giorno.»

«Senti» ribatté Catherine, e da quell'unica parola Paul colse una punta di freddezza in ciò che stava per dirgli, «ciascuno a modo suo, ci stiamo godendo questa ventata di freschezza, ma siamo consapevoli che questa vita non può interferire con l'altra. Tu mi piaci, Paul. Parliamo di argomenti seri alternati a scemenze. Ci piace chi siamo quando stiamo insieme. Non voglio che tutto questo finisca e, se anche dovessimo mangiare cinese a pranzo nelle settimane e nei mesi a venire, non mi sottrarrei. Spero che la nostra amicizia sopravviva ai doveri da giurati. Inoltre voglio essere onesta con te, non c'è nessun altro. Tu hai la tua musica da camera, i film d'arte, i libri di storia, lo studio legale. Io ho mio nipote, mia figlia, i miei pazienti e, negli ultimi giorni, te.»

Il sole cominciava a scendere, abbagliando quanti stavano guardando l'Hudson. Mentre ammiravano la Statua della Libertà in lontananza, le persone si schermavano gli occhi con il palmo della mano.

Paul si chiese come avrebbe ricordato questo momento chi stava visitando New York. «Per molti questa città è il centro di un universo immaginario, in confronto al quale qualsiasi altro luogo appare periferico; mettervi piede costituisce una tappa quasi miracolosa nel proprio percorso, piena di positività e di vita, perché possono toccare con mano il santo graal delle città. Una volta tornati ad Arezzo, Rouen o nella fredda e misera Brighton, conserveranno questo ricordo inciso nell'anima, da cui si irradierà negli anni a venire. 'Siamo entrati in contatto con New York' diranno. 'Siamo stati sulla High Line e abbiamo visto un uomo e una donna che camminavano lungo gli antichi binari in disuso, cercando di restare in equilibrio pur non osando tenersi per mano.'»

Catherine smise di camminare. «Perché dici così?»

«Perché? Quindici, vent'anni fa sarebbe stato tutto facilissimo, scontato. Adesso mi ritrovo a temere che questo possa portarci dove nessuno dei due vuole arrivare, perciò siamo così trattenuti. O mi sbaglio? »

Catherine gli scoccò un'occhiata strana e addolorata che non le aveva mai visto prima, e lui si immaginò che fissasse così i suoi pazienti quando alla fine osavano porle sfacciatamente qualche domanda personale sulla sua vita. In tutta onestà, si sbagliava?

« No, non ti sbagli. »

Avrebbe tranquillamente potuto rispondergli: *Sì, ti sbagli.* Ma non lo fece.

« Non so cosa sia » continuò Paul, « ma era da tanto che non mi sentivo così. Ed è bello sapere che sono ancora capace di provare emozioni. Il ristorante a Chinatown, il bar di Pirro, il signore anziano che voleva stare da solo, la millefoglie che hai diviso a metà, la galleria d'arte, l'agitazione che mi ha preso quando pensavo che fossi stata scelta o la paura che, avendoti scartato, tu avessi deciso di tornartene a casa e non ti avrei rivisto mai più... Continuo a ripetere questo elenco, che si allunga di volta in volta, perché non voglio dimenticarmi niente. Mi piace il modo in cui mi sento. La mattina mi alzo e non vedo l'ora di prendere la mia prima tazza di caffè, non a casa mia ma con te, e penso che anche tu esca di casa saltando la tua elaborata colazione per mangiare una brioche zuccherata insieme a me. E questo pensiero, quand'anche mi sbagliassi di grosso, fa splendere il sole nella mia giornata.»

Una coppia di giovani passò in mezzo a loro, così vicino che la ragazza sorrise e domandò scusa.

«Russi» disse Paul.

«No, polacchi.»

Sarà stato guardare con invidia quei due innamorati, sarà stata la piega che aveva preso la loro conversazione, ma Paul le strinse la mano tra le sue e, senza pensarci due volte, se la portò alle labbra.

Catherine non si ritrasse, e non sembrò neppure sorpresa o sulla difensiva.

Stava stringendo la mano di una pianista, si ricordò Paul.

«Perché?» gli chiese lei qualche istante dopo, ovviamente riferendosi a quel gesto.

«Lasciami fare, ti prego, non hai idea di quanto ti sia grato per questi tre giorni. Potrei spiegartelo, ma poi mi ritroverei in totale imbarazzo.»

«Come mai?»

«Se me lo chiedi, vuol dire che non capiresti.»

«Certo, perché secondo te io sono nata ieri, giusto?» Lo guardò. «Vieni qui» gli disse, e all'improvviso lo abbracciò, appoggiandogli la testa sulla spalla.

Erano piccoli gesti i loro, tesi, goffi, e nei recessi della mente probabilmente si sentivano molto fortunati ad aver trovato qualcuno con cui parlare e essere se stessi.

« Così va meglio? »

Paul si limitò ad annuire.

« Sei diversa quando ti stringo fra le braccia » le disse.

« Sono sempre io. Anche tu sei diverso, però » ribatté lei. « Potremmo tornare a essere due bravi vicini di casa che si sono ritrovati anni dopo aver preso l'ascensore insieme a London Terrace una sera. Il che mi porta a domandarmi » aggiunse, il tono di voce più compiaciuto a sottintendere una punta di umorismo mentre infine allentava la presa, « se per caso allora non siamo andati a letto insieme. »

Paul sorrise, fingendosi imbarazzato. « Francamente non ricordo. »

Scoppiarono a ridere.

« Sediamoci un momento » gli propose Catherine, indicando una panchina che si era appena liberata.

Paul immaginò che avesse bisogno di un istante per riflettere, mentre osservava le persone passare lungo la High Line. Decise di restare in silenzio e non interferire.

Lei, però, lo guardò. «Dimmi qualcosa, Paul» lo incalzò.

Lui scosse piano la testa, non per rifiutare la sua richiesta, piuttosto perché gli mancavano le parole.

Catherine allora alzò le spalle. *Di' qualsiasi cosa, davvero, non mi interessa.*

Vedendo che non apriva bocca, prese lei l'iniziativa. «Io convivo con il silenzio, Paul, e lo detesto. Vivere in silenzio è come guardare chi ti sta attorno da uno scrigno aperto e chiedersi perché nessuno parli con te – se tu le senti le altre persone, perché loro non sentono te? E poi ti rendi conto che in realtà nemmeno tu hai tanta voglia di interagire e che è questo il momento in cui la gente muore, quando non ha più niente da dire. Quando non parla più. Non si tocca più. Non si abbraccia più.»

Qualche istante di pausa.

«Abbracciami, ti prego» gli chiese poi. «Mi piace tutto questo. La cosa che mi devasta ancor più di entrare nelle nostre rispettive case come due Cenerentole che corrono a lavare via il profumo del nostro idillio sulla High Line, è la paura che, appena torneremo a quelle misere vite senza amore, potremmo anche svanire come due mesti personaggi di Edward Hopper, lo sguardo vacuo e fisso l'uno verso l'altra o fuori dalla finestra, senza sapere se bramano disperatamente di sentir parlare i vetri o qualcuno. Nelle settimane a venire, anche solo immaginare di attraversare il parco per prendere una tazza di caffè risulterà un fastidio tale o ci sembrerà un percorso così azzardato che lasceremo perdere. Siamo due codardi, io e te. Codardi e trattenuti. »

« Secondo te cosa diranno di noi questi tre turisti quando torneranno a casa? »

« Diranno di aver visto una coppia sulla sessantina che ancora si abbraccia dopo quarant'anni insieme. »

« Due futuri amanti che cercano di tornare a un passato mai esistito. »

« Ho paura per la selezione di domani. È come giocare alla roulette russa e sapere che nel tamburo restano due proiettili. Adesso le probabilità giocano a nostro sfavore. Ci resta pochissimo tempo. »

« Anche Catherine e Heathcliff avevano pochissimo tempo. Cosa ne penserebbero loro? » le chiese Paul, cercando di sdrammatizzare.

« Loro avevano l'aldilà e un passato indelebile. A noi strizzacervelli l'aldilà non interessa e, riguardo al passato, stiamo ancora imparando a raschiare la superficie. »

Alle cinque decisero di andare via.

« Buffo » commentò Catherine. « Stiamo ipotizzando cosa racconteranno di New York alle loro famiglie questi turisti italiani, senza mai pensare, nemmeno per un secondo, che quest'uomo e questa donna che si tenevano per mano e si abbracciavano lungo la High Line condividevano la loro stessa fantasia, seppur al contrario. La loro è ambientata a New York – vogliono essere come gli americani, mangiare come gli americani, parlare come gli americani –, noi, invece, non vediamo l'ora di essere italiani. »

Come il pomeriggio precedente, scesero alla fermata di Chelsea, da cui pensavano di tornare a London Terrace Towers, ma all'ultimo momento cambiarono direzione e si incamminarono verso la galleria d'arte. Appena si resero conto che, senza dire una parola, avevano seguito lo stesso impulso, scoppiarono a ridere.

Suonarono il campanello, entrarono e, dopo essere stati accolti, raggiunsero il piccolo quadro che avevano visto il giorno prima. Amavano quella portafinestra aperta, la balaustra in ferro battuto, la vista sul mare e il colore dell'acqua, e amavano pure la poltrona arancio sbiadito.

« Magari verremo qui una fredda mattina di gennaio e scopriremo che è stato venduto, svanito per sempre dalla galleria; con un po' di fortuna saremo ancora insieme, pranzeremo di corsa e ci scambieremo convenevoli con quel barista italiano, in perenne attesa di essere scelti per quella che ormai sarà diventata da tempo una giuria fantasma. »

« Oppure torneremo con il gelido freddo dell'inverno e, entrando nella galleria con il cuore gonfio di paura, lo scorgeremo lì, invenduto, che ancora aspetta, come la parte migliore delle nostre vite non vissute. »

Giovedì

«*Eccoli!*» esclamò Pirro in italiano la mattina seguente. «Lo sapevo che tornavate.»

Ordinarono due caffè e due *cornetti*.

«Il solito, cioè?»

«Ma ti ricordi sempre tutto?» gli chiese Catherine.

«Per voi, mia cara, offre la casa. Siete speciali.»

Catherine protestò, ma naturalmente ebbe la peggio; quando se ne andarono, però, gli lasciarono una mancia generosa.

«Se la meritava?» chiese Paul.

«Ci ha fatto sentire giovani. Erano tutte stupidaggini, lo so, ma per una frazione di secondo gli abbiamo creduto – e quella piccola bugia ha lasciato il segno» rispose Catherine, poi arrossì. «Gli strizzacervelli non dovrebbero arrossire» disse.

Ricordarono il pomeriggio trascorso insieme.

«Che bello tornare a passeggiare lungo la High

Line » disse Paul. « Chissà che ne è stato di quel signore anziano e stanco che fissava la fatiscente torre dell'orologio al terminal Erie Lackawanna, al di là del fiume... »

Lei non rispose.

« Mi è piaciuto riparlare dell'Italia e mi sono innamorato del nostro piccolo dipinto. Poi ci siamo abbracciati e tu mi hai dato un bacio alla fermata della metro. L'ultima volta che qualcuno mi ha baciato in quel modo fuori dalle scale di una stazione della metro avrò avuto... quanti, dodici anni? »

« Mi hai pensato ieri sera? » gli chiese Catherine.

« Di sfuggita. E tu? »

« Per niente. »

Risero.

« Non vedevo l'ora di restare da solo per pensare a te » aggiunse Paul.

« Idem. Allora, quanti anni hai adesso? »

« Dodici, forse addirittura dieci. Fra poco scopriremo che quella notte, nove mesi prima che nascessimo, i nostri genitori avevano fatto cose sconce e disgustose insieme. »

La battuta la fece ridere.

« Ieri notte ti ho pensato, mi svegliavo ogni tre minuti. Tu eri lì che mi fissavi, e ti fissavo anch'io, ma non ci dicevamo una parola. Ho risposto alla tua domanda? »

Catherine capì e fece cenno di sì con la testa. « Anch'io avevo voglia di vederti. Temevo che dopo oggi non sarebbe più successo, e non ero per niente contenta. »

« Ho una domanda prima di tornare in tribunale. Mi prometti che sarai sincera? » le chiese Paul.

« Non te lo posso garantire. »

« Ottima risposta. Ma... » aggiunse poi, fissandola, « quand'è stata l'ultima volta? »

« L'ultima volta, cosa? » In realtà, e ormai accadeva spesso, aveva inteso perfettamente. « A dirla tutta, non me lo ricordo. Tu? »

« Nemmeno io. »

« Colpa tua o sua? »

« Con ogni probabilità, mia. Di solito sono gli uomini a lamentarsi perché la propria moglie non ha più voglia. La verità è che nessuno dei due si ricorda perché un tempo volevano farlo di continuo. So di averla trascurata per un certo periodo, e alla fine se n'è fatta una ragione, ma non me l'ha mai perdonato. »

« Nel senso che hai commesso qualche errore... con altre? »

« L'ultima volta è stata con quella che mi faceva

sentire più vecchio di suo padre. Non posso biasimarla, naturalmente» aggiunse. «Lei era giovane e attraente, sarebbe riuscita a risvegliare pure la libido di un morto, ma quando eravamo da soli non avevamo niente da dirci. Pranzare con lei in un ristorante cinese sarebbe stato un suicidio, e passeggiare lungo la High Line una noia tremenda. È successo anche a te?»

«Sì, anni fa. Una lunga storia. Magari te la racconterò a pranzo uno di questi giorni.»

Poi, per cambiare discorso, Paul le chiese se aveva portato gli M&M's, in caso fosse capitato lo stesso inconveniente del giorno prima.

Se n'era dimenticata. «Mi sa che dovremo dividerci il tuo antiacido, allora. Un antiacido a stomaco vuoto! Che brutto affare.»

Invece pranzarono insieme, come programmato. Un tempismo così perfetto che, usciti dal ristorante, si concessero addirittura una bella passeggiata.

«Da Pirro?»

«Certo.»

Quando entrarono, Pirro era occupato con più clienti del solito.

«Mo' sì che sono felice» disse a Catherine, e poi, rivolgendosi a Paul: «Sicuro che non vuoi fare il barista 'sto pomeriggio? È una vita meravigliosa».

«Perché, così puoi rubarmela?»

«Ovvio.»

«Ah, gli italiani!»

Non dovettero nemmeno ordinare. Pirro sapeva già cosa volevano e, come se non bastasse, portò anche quattro *biscottini.*

«Niente mancia oggi, però, capito?» disse in italiano.

«Capito» rispose lei.

«E il bacio?» chiese poi, di nuovo in italiano, indicandosi la guancia.

Come il giorno prima, Catherine si allungò sul bancone di cristallo e lo baciò su entrambe le guance barbute.

Qualcuno tirò fuori l'iPhone per scattare una foto, ma non fece in tempo. «Un altro» disse Pirro, e stavolta chiese al giovanotto di tenersi pronto con il telefono. Catherine lo accontentò subito.

«Mi sa che lui è un po' geloso» commentò Catherine, girandosi verso Paul e sorridendogli con dolcezza.

«Ancora meglio» ribatté Pirro.

Paul accettò di buon grado l'occhiata di Catherine e, probabilmente per dimostrare che quel bacio non l'aveva affatto turbato, domandò a Pirro il titolo della canzone dell'altro giorno.

«Perché vi interessa?» chiese lui nel suo solito inglese smozzicato.

«Perché così me la scarico. Perché non riusciamo a toglierci Napoli dalla testa.»

Pirro glielo disse.

«Dovessimo andarci davvero a Napoli, cosa possiamo portarti?» gli domandò Catherine.

«Cosa potete portarmi... un *panzerotto*, magari.»

«E sarebbe?»

«Una specie di fagottino di pasta ripieno, tipo un calzone ma più piccolo. Ah, così vado in paradiso. Anche se, onestamente, io i panzerotti me li faccio da solo, e sono più buoni questi a New York che quelli a Napoli. Alla fine, però, pure loro c'hanno la nostalgia di casa!»

Paul e Catherine lo salutarono e corsero in tribunale.

Qualche minuto dopo essersi seduti nell'atrio ormai quasi vuoto, videro la guardia prendere il microfono e annunciare che potevano tornarsene a casa. Avrebbero ricevuto un rimborso, ma prima di scappare via dovevano aspettare l'attestato di partecipazione. «Non ne conserviamo una copia e dunque, se per caso dovessero riconvocarvi prima di due anni, costituirà l'unica prova che avete già partecipato alle selezioni della giuria.»

Cominciarono a chiamare i primi nomi.

Alla fine toccò anche a Catherine. Era agitata e contenta, e corse a ritirare il suo attestato come se fosse la laurea; poi tornò al proprio posto, in attesa che convocassero Paul. Ma terminato l'appello, che durò poco più di cinque minuti, il suo nome non era stato chiamato.

«Secondo te si tratta di un errore?» gli chiese.

«Non credo.»

«Ma la guardia ha detto che avevamo finito tutti.»

Paul chinò la testa, guardando fisso le scarpe. «Mi perdonerai?»

«Per cosa?»

«Io sono stato scartato ieri. Nessuno vuole avere un avvocato nella propria giuria.»

«Allora mi hai mentito.»

«Sì, diciamo così.»

«Sei rimasto seduto qui al caldo ad aspettarmi e ti sei mangiato gli antiacidi insieme a me, quando avresti potuto consumare un pranzo come dio comanda in uno dei tuoi ristoranti alla moda di Wall Street?»

«Volevo stare con te.»

«Volevi stare con me» ripeté lei, soppesando le sue parole lentissimamente. «Perché?»

«Devo essere sincero? Perché volevo parlare con te, ascoltarti mentre mi raccontavi tutto della tua vita, dei tuoi genitori, dei tuoi pazienti, dell'uomo con cui sei caduta in tentazione. E poi mi piace aspettarti tutte le mattine da Pirro. Ti penso molto.»

«Ormai, però, non avremo più occasioni di vederci. Non possiamo più venire qui, andare al ristorante cinese o da Pirro... proprio non ci arrivi?»

«Certo che sì» ribatté lui, «ma ci resta ancora qualcosa da fare insieme. Intanto usciamo di qui. Conosco un posto dove servono meravigliose bibite italiane, fresche e non troppo dolci.»

«Come si chiama?»

Paul non riuscì a trattenersi dal ridere. «Da Pirro.»

Si avviarono fuori.

«È l'ultima volta che vediamo questo posto» disse Catherine.

«Ti manca già?»

«Il posto no.»

«Non arrendiamoci, allora. Come dicevo, ci rimane ancora qualcosa da fare. Piano A: potremmo prendere un aereo e andare a Napoli. Hotel Segreto.»

Lei scosse la testa. « Troppo chimerico! »

« Giusto. Allora, ecco qui il Piano B, ma potrebbe implicare una piccola bugia bianca. »

« Tipo? »

« Tipo che le selezioni della giuria non sono ancora concluse e che devi presentarti qui anche domani. Io l'ho fatto e, come vedi, è stato piuttosto facile. Saremo come due scolari che marinano la scuola. Andremo al parco a fare un picnic. Conosco un posticino delizioso vicino ai campi da tennis, ma non troppo. Possiamo andare lì a fare un picnic tutte le volte che vogliamo. Sarà la nostra alcova segreta, lontano da tutto e tutti. »

« Un picnic? Mi stai prendendo in giro? » Sembrava delusa, quasi disprezzasse la proposta.

« Be', ci sarebbe anche il Piano C. Ti passo a prendere in macchina e poi andiamo alla casa sulla spiaggia, tanto non la usa nessuno. Compriamo da mangiare per strada, ti prometto che preparerò qualcosa di favoloso; staremo insieme e vedremo come vanno le cose. »

« Quali cose, scusa? »

« Quello è il Piano X. A un certo punto il Piano X soppianterà il piano A e B, e tutte le altre lettere dell'alfabeto. Tu pensa solo a portarti il costume da bagno, io passo a prenderti in macchina. »

« Suona un po' losco. »

Aveva ragione. Paul si pentì anche solo di averglielo detto, ebbe la sensazione che quelle parole fossero state pronunciate dal fantasma di una voce che non era più la sua, ricomparsa da oltre un decennio prima. Eppure non sembrava un discorso forzato e nemmeno li metteva a disagio, soprattutto quando Catherine si voltò di colpo e gli chiese: « A cosa pensavi quando hai pensato a me ieri sera? »

Paul apprezzava questo suo candore, considerato anche l'argomento.

« Dato che me l'hai chiesto, ieri sera ti ho abbracciato, o forse mi hai abbracciato tu come avevi fatto lungo la High Line, e poi mi hai baciato. Non osavamo fare rumore né muoverci di un centimetro, ovviamente, perché c'era qualcun altro nel letto insieme a noi, ma non ci siamo addormentati – forse io sì, mi sono appisolato – e continuavamo a fissarci, senza dire una parola, e io non facevo che pensare a come sarebbe stata la mia vita se non ti avessi conosciuta, se non ti avessi chiesto del libro. E se fosse stato questo il nuovo capitolo che andavo cercando da tempo? E se mi stringevi la mano senza lasciarla andare perché stavamo già facendo l'amore al ritmo delle onde che si infrangevano di fronte alla mia stanza d'albergo a Napoli? »

« Cosa credi succederebbe se facessimo l'amore? » gli domandò.

« Tu, invece, cosa credi succederebbe se la nostra giornata giù alla spiaggia si trasformasse in una notte giù alla spiaggia? »

« E se sabato mattina ci accorgessimo che ci piace chi siamo insieme e non volessimo cambiare niente? »

« Ti stai chiedendo se mia moglie e tuo marito rimarranno sorpresi una volta che avranno capito tutto? La risposta non può essere più semplice: lo sanno già. Li reputi così stupidi? Nel caso non l'avessero ancora capito, non rimarrebbero comunque a bocca aperta. Ho il sospetto che non vedano l'ora di trovarsi anche loro in quella camera di consiglio come noi. Se tuo marito si invaghisse di qualcuno, saresti gelosa? »

« Per niente. Ma ti dico io cosa accadrebbe se fossimo abbastanza pazzi da fare come dici tu. Ce lo concederemmo una volta sola per poi non rivederci mai più. Così sarebbe meglio? »

Aveva ragione da vendere, pensò lui.

« Il problema alla nostra età è che abbiamo vissuto o immaginato troppe variazioni sullo stesso tema e ormai sappiamo già dove porta la maggior parte di esse. Sappiamo che dovremmo far finta di sapere meno di quanto sappiamo. Sappiamo anche che è meglio evitare di esprimere i propri dubbi, soprattutto a chi temiamo che, ascoltandoli, possa cambiare opinione su di noi. »

« Così parlò la strizzacervelli. E pure bene. Allora, può essere che una sera, mentre io stavo tornando a casa dal club di squash e tu stavi rientrando dalla biblioteca, ci siamo incontrati in ascensore. »

« '*Programmi per cena?*'

« '*Veramente non ci ho ancora pensato.*'

« '*Potrei cucinare qualcosa di veloce, magari un'omelette e altre cosine.*'

« '*Vino?*'

« '*Sì, vino.*'

« '*Mi è concesso rispondere forse?*'

« '*Certo, ma poi dovrai aspettare quarant'anni per avere un'altra occasione.*'

« '*Aspetterò.*'

« '*Tutti possiamo aspettare. Che spreco, però...*' »

« Abbiamo avuto una bella vita, Paul. »

« Sì, ma perché all'epoca non ci siamo incontrati? »

« È questo a renderci così speciali, così felici di incontrarci, è l'età che abbiamo adesso. Non ci arrivi? »

« A cosa? »

« Per accettare di buon grado ciò che ora possiamo perdere in un baleno, e lo sappiamo bene, dovevamo arrivare a tanto così dal limite, dall'essere prosciugati. Siamo perfetti? No. Siamo fatti l'uno per l'altra? E chi lo sa. È più di una semplice amicizia o è l'amore tra le rovine di Browning? Non lo so. Ma è tutto ciò che abbiamo. Il tuo studio, i miei pazienti, i nostri figli e, naturalmente, i nostri coniugi, contano qualcosa? Certo. Una spanna sopra di loro, però, invecchiati, con tanto di assicurazione sanitaria Medicare e abbonamento della metro per gli over sessanta, fluttuano Heathcliff e Catherine. »

Pirro portò al loro tavolo due bibite gassate in lattina, una all'arancia rossa e una al limone. Agrumi ghiacciati, ecco di cosa aveva bisogno New York in una giornata così calda, disse. « A quest'ora domani saranno bell'e che scappati tutti. Io chiudo prima e mi vedo con gli amici miei, poi fino a lunedì non voglio pensare a niente. Voi che progetti avete? »

« Non abbiamo ancora deciso. »

« In giornate come questa a me piace andare al mare, e una volta il mio mare era Napoli. Adesso vado a Fire Island, ma solo se mi invitano gli amici miei. Allora, quando c'andate in Italia? »

«Non abbiamo deciso nemmeno quello.»

«Eddai, gente! Pensateci. Comprate i biglietti, vi guardate qualche film scadente sull'aereo e vi fate una pessima dormita, ma dopo qualche ora siete a Roma; io da lì preferisco raggiungere Napoli in treno piuttosto che prendere un altro aereo. Se va tutto bene, arrivate alla stazione centrale e da lì pigliate un taxi fino al vostro bell'hotel a Santa Lucia. Mi sembra già di sentire il profumo della spiaggia, dell'aria frizzante e pulita – be', non sempre – e in men che non si dica è ora di andare a pranzo in una di quelle antiche pizzerie nel cuore della Napoli vecchia. Dopo comprate le *sfogliatelle*, una per te» disse, rivolgendosi a Catherine, «e una per lui, perché un uomo senza *sfogliatella*, che razza di uomo è? Ah, e pure una per me, ovvio. Poi entrate in tutti i bar affacciati sul mare. Il resto lo decidete voi. Memorizzate l'itinerario. Andate, vi prego. Mentre vi guardo, però, comincio ad avere il sospetto che non avete il coraggio e che alla fine rinunciate. Se vi rivedo lunedì, so che non ci andrete mai. E sarà triste, tristissimo.»

Proprio quando Pirro terminò il suo itinerario, a Paul tornarono in mente le parole di Catherine sull'eventualità di attraversare il parco e incontrarsi per un caffè, un pensiero così intenso e persistente che quasi nulla, nemmeno la più incrollabile volontà di vedersi, avrebbe potuto sopraffarlo – tranne una cosa, che alcuni conservano mentre altri hanno ormai perso: la fede.

« Sei sicura che ci vedremo anche domani? » le chiese.

« Lo spero » gli rispose lei. « Ma non so se ci credo davvero. »

« Possiamo almeno promettere che ci proveremo? Alla nostra età » continuò Paul, « non sappiamo più se il cuore e la mente sono in buoni rapporti tra loro, per non parlare del corpo. »

Avevano quasi finito le bibite, e solo allora si resero conto di non essersi nemmeno accorti di averle iniziate.

« Stasera potremmo anche decidere che tutta questa situazione non ha la minima importanza e che non nutriamo più alcuna fiducia l'uno nell'altra; a cena racconteremo ai rispettivi coniugi di avere conosciuto un bizzarro barista napoletano che ci ha vivamente consigliato di visitare Napoli. *E perché proprio Napoli?* Perché ci ha messo la pulce nell'orecchio, e dargli corda era più facile che mettersi a discutere. *Ti vedo bene come turista a Napoli*, pronunciato con quell'inconfondibile punta di durezza e scherno che spinge tante coppie verso la separazione. »

Catherine lo ascoltò, e gli disse che condivideva tutte le sue angosce. « Non voglio tornare a casa, non ancora. »

« Nemmeno io. »

Poi aggiunse un commento che fece ridacchiare entrambi. « Possiamo sempre tornare nella sala d'attesa del tribunale. »

« Se quella sera in ascensore ci fossimo conosciuti, pensi che ti sarei piaciuto? »

« Sì. »

C'era qualcosa di così sicuro e deciso nella sua risposta, che Paul rimase di stucco. « Perché non ci siamo conosciuti, allora? »

« Non abbiamo mai preso lo stesso ascensore. »

« Ma ti immagini se fosse successo? »

« Il destino aveva in serbo altri progetti per noi. »

« Mi rifiuto di darti ragione. »

Lei lo guardò. « In realtà anch'io. »

Più tardi, quella sera, Paul pensò all'Hotel Segreto. Sì, ci sarebbero andati, proprio come aveva previsto il barista. Avrebbero aperto l'alta portafinestra e, una volta usciti sul balcone, all'improvviso si sarebbero ritrovati di fronte al Vesuvio e al mare e alla luce accecante che ammantava tutta Napoli; sarebbero rimasti fuori sotto il sole intenso, appoggiati alla balaustra, a contare i secondi prima di rientrare, felici di essere lì. A quell'ora ci sarebbe stata una tale pace da riuscire a sentire il cinguettio dei parrocchetti e le grida dei gabbiani sui tetti, due specie che ormai non avevano più predatori. Avrebbero avuto bisogno di una doccia e di un buon caffè, per eliminare il gusto della brodaglia dolciastra che gli avevano servito durante il volo o sul treno ore prima. Poi sarebbe stata la volta della passeggiata sulla spiaggia infinita e della salita al monastero di Santa Chiara, perché sua madre, da piccolissimo, gli cantava sempre una ninnananna su quel luogo. Avrebbero camminato fino a sentirsi esausti e molto più tardi, verso le sette di sera, come ricordava dai suoi innumerevoli viaggi in Italia, avrebbero preso il tanto atteso aperitivo in terrazza a base di capperi prima di andare a cena.

Anche Catherine faceva pensieri simili, e non capiva più se stava immaginando il loro futuro viaggio insieme oppure se ricordava la Napoli che aveva visitato con Jonathan. Quel viaggio era stato di una noia mortale, con lui che si lamentava del tempo, della sporcizia, del fatto che nessuno parlava inglese, che sembrava tutto fuori posto, datato, poco accogliente, e che le persone erano sempre pronte a fregarti.

Diretta verso casa, accarezzò l'idea del Piano C e si sorprese a ipotizzare cosa dire a Jonathan. Doveva trovare il modo di comunicargli che forse avrebbe passato la notte fuori, che non doveva preoccuparsi né restare alzato ad aspettarla – come se il problema non fosse cosa lui avrebbe potuto immaginare, ma che non stesse in pensiero per lei. Se avesse deciso di fermarsi dai soliti amici, glielo avrebbe detto chiaro e tondo. Lei invece non avrebbe detto una sola parola né su chi né su dove, e lui era uno psicologo abbastanza bravo da mettere insieme i pezzi per scoprire il resto. Non era nemmeno necessario inventarsi di dover partecipare di nuovo alle selezioni per la giuria. Al mattino avrebbero fatto colazione insieme. Jonathan le avrebbe preparato il caffè con la moka come sempre; lei avrebbe versato il loro complicato mix di cereali in due ciotole e avrebbero mangiato con calma; poi avrebbe infilato il costume da bagno nel borsone e infine, sulla soglia di casa, lo avrebbe salutato con un bacio ricordandogli di non preoccuparsi se non fosse rincasata fino all'indomani sul tardi.

Se suo marito le avesse chiesto dove stava andando, glielo avrebbe detto: a casa di una persona che abitava nel palazzo dei suoi e che conosceva da molto, molto tempo prima che loro due si incontrassero alla scuola di specializzazione. Ah, e dove si erano rivisti?, le avrebbe chiesto lui. In camera di consiglio.

Era la verità, oppure, ormai, il suo fantasma, la sua ombra.

Venerdì

« Dimmi che non hai rimpianti » le scrisse lui alle sette del mattino.

« Nessuno » rispose all'istante Catherine, come se avesse tenuto il telefono in mano tutta la notte. « E tu? » gli chiese.

« Per niente. Aspettami tra l'81esima e la Central Park West. 8.30, okay? Suv verde scuro. »

Stavolta Catherine tardò a rispondere. Forse non l'avrebbe nemmeno fatto. Forse aveva cambiato idea. Forse tante cose. Perché stupirsi? Esitava nel dargli conferma e, dal tempo che ci stava mettendo, Paul si convinse che la sua risposta non prometteva nulla di buono e che avrebbe mandato tutto all'aria, benché non avesse rimpianti.

« Perché verde? » gli chiese invece. A Paul scappò da ridere. Gli piaceva il suo senso dell'umorismo.

« È il mio colore preferito. Il tuo? » le scrisse.

Nessuno in particolare, rispose lei. « Cioè, magari ne avrò anche uno ma non lo conosco. » Poi, dopo una pausa: « Roba da strizzacervelli ».

Forse era nervosa. O ancora titubante. Gli ci volle un secondo per capire che anche lui si sentiva così, nervoso e titubante.

Era successo il giorno prima, all'improvviso e con estrema naturalezza. Non gli era partito dalla testa, piuttosto dal petto o appena sotto. Non sapeva dire in quale punto esattamente, ma lo sentiva lì, nel corpo, e gli piaceva. Non la provava da tempo quella sensazione, però eludeva tante inibizioni che avrebbe potuto condividere con lei.

Dopo che Catherine gli aveva detto di non voler tornare a casa, le aveva proposto di andare a bere qualcosa a Chelsea.

« Mi darà alla testa » gli aveva risposto lei, « non abbiamo nemmeno pranzato. »

« Un bicchiere di vino e basta, allora? » aveva rilanciato lui, allo scopo di minimizzare gli effetti che avrebbe avuto quella quantità di alcol.

« Sì, vada per un bicchiere di bianco » aveva detto lei, quasi gli stesse facendo un favore.

Lui aveva ordinato un gin tonic. Alla fine Catherine aveva cambiato idea e aveva chiesto al cameriere di portarle lo stesso.

« Non hai ancora voglia di tornare a casa? »

Lei lo guardò pensierosa e scosse la testa. « No, e non voglio che nemmeno tu te ne vada. »

Nell'attesa, il cameriere portò loro tre ciotoline, una di arachidi, l'altra di mandorle caramellate e la terza di frutta secca piccante. Non aspettarono neppure da bere, e si resero conto che stavano morendo di fame. Paul suggerì di non ingozzarsi di stuzzichini. Poi, senza pensarci, disse che dopo avrebbero dovuto cenare insieme.

« Pensi sia una buona idea? » gli chiese Catherine, che stava cercando di aprire prima con i denti e poi con le unghie il guscio di un pistacchio.

« Ottima, direi. »

Quando infine riuscì a liberare quel povero pistacchio, gli sorrise. « È un'idea magnifica. »

Data la spontaneità del suo commento, Paul non riuscì a trattenersi dall'aggiungere qualcosa di più audace e altrettanto spontaneo: « Mi è venuta un'idea addirittura migliore, andiamo a cena subito ».

Catherine non rispose, ma ci rifletté un istante. « E i nostri gin tonic? »

« Li saltiamo. Se ne faranno una ragione. »

« Ecco l'ennesima fantastica idea di colui che non pianifica mai niente. »

Nel frattempo il cameriere stava portando da bere al tavolo. Paul gli diede la carta di credito, ma non toccarono nemmeno i bicchieri.

« Li prenderemo da qualche altra parte » le disse.

« Dove? »

« Aspetta e vedrai. »

Fermarono un taxi e si diressero verso il centro.

Il ristorante del club, buio e nei toni del marrone, le pareti rivestite di pannelli di legno, era quasi vuoto, e si respirava un'aria calda e umida. Sembrava tutto datato, soffocante e lugubre. Allora Paul le propose di andare in quello di fronte, che vantava un menu di gran lunga più sofisticato, non le solite banalità che servivano lì.

« Io avrei un'idea migliore » gli rispose Catherine.

« Ah, sì? » Meglio del ristorante di fronte?, si domandò lui.

Lei lo fissò. « Servizio in camera » disse poi.

Quelle parole risuonarono così improvvise e sfrenate che colsero Paul impreparato, tanto che ebbe un attimo di esitazione, o forse era rimasto sconvolto, ma questo Catherine non riuscì a stabilirlo.

La risposta gli uscì da un punto del corpo che gli ricordò l'ardore provato appena sotto il petto nel tardo pomeriggio, quando aveva dato voce ai propri pensieri e le aveva proposto di andare a bere qualcosa, sapendo che avrebbe sovvertito il loro solito brusco ritorno alla realtà, quando si separavano all'entrata della stazione della metropolitana sulla Eighth Avenue.

Voleva mostrarsi altrettanto franco e uscire allo scoperto. « Ho bisogno di un po' di riscaldamento, sono fuori forma al momento. »

Fu lei a ridere per prima, ma lui la seguì a ruota.

« Guarda che io non sono messa meglio » gli rispose. « Possiamo stare insieme, però, come avremmo dovuto fare decenni fa. »

Mentre Paul prendeva una stanza, Catherine aspettò nella hall. In ascensore non proferirono parola né si guardarono. Quando entrarono in camera, lei gli mise le braccia sotto la giacca e lo baciò sulla bocca. « Avrei voluto stringerti così alla galleria d'arte. »

Nessuno dei due si staccò finché Catherine non iniziò a sbottonargli la camicia.

« Fuori forma tutti e due » gli disse, mentre si toglievano i vestiti senza allontanarsi l'uno dall'altra. Poi, quasi spinti da un imprevisto senso del pudore, si infilarono subito sotto le lenzuola, illuminati dalla luce del crepuscolo. A nessuno dei due era venuto in mente di accendere l'unica abat-jour presente. A Paul piacevano i lunghi pomeriggi estivi. Anche a lei. Sapevano entrambi perché erano corsi sotto le lenzuola. Sorrisero. «Comunque così posso abbracciarti meglio» puntualizzò lui. «E toccarti dappertutto.»

Continuarono a baciarsi all'infinito, vicini, proprio come aveva descritto Paul quando se l'era immaginata a letto insieme a lui la notte prima e si fissavano, esattamente come adesso, con gioia e anche con consapevolezza, la voglia di lasciarsi andare molto di più di quanto forse avrebbero fatto da giovani.

«Sono davvero fuori allenamento» disse Catherine.

«Idem» disse lui.

Sapevano che non avrebbero passato la notte lì.

«Volevo chiederti come ti senti.»

«Spero di non essere stato una botta e via.»

«No, tranquillo» gli rispose. Poi, incapace di trattenere una risata: «Questo è solo il riscaldamento».

Ordinarono la cena e una bottiglia di vino, e subito dopo tornarono ad abbracciarsi, ancor più stretti di prima.

Il suv verde scuro di Paul la aspettava all'angolo a nordovest tra la 81esima e la Central Park West.

Si scambiarono un saluto di circostanza; appena Catherine si allacciò la cintura di sicurezza e partirono verso la periferia della città, lui le disse: «Devo farti una domanda».

«Ahia» rispose lei, preparandosi al peggio, ma senza dare a vedere di aspettarsi qualcosa di davvero serio da metterla in guardia.

Paul ebbe un attimo di esitazione.

«Allora, questa domanda?»

«Hai cancellato i miei messaggi sul telefono?»

«Volevi che lo facessi?» Stava rispondendo alla sua domanda con un'altra domanda.

«No. Né quelli di stamattina, né quelli di ieri sera.»

«Non ne ho cancellato nessuno. E conosco anche il motivo.»

«Cioè?»

«Perché non voglio dimenticare quello che ci siamo detti.»

«Hai già iniziato a costruirti dei ricordi?»

«Te l'ho detto che sono superstiziosa.»

«Tuo marito lo sa?»

«Lo immaginerà. E Claire?»

«Se la conosco bene, l'ha capito nel momento stesso in cui ieri sera mi ha sentito telefonare alla domestica per chiederle di fare la spesa. Le ho detto che forse avrei passato il fine settimana alla spiaggia. Lei non mi ha domandato con chi, io non le ho dato spiegazioni. Del resto il mio silenzio parlava da solo. E anche il suo.»

Si era portato un borsone di tela con due bottiglie di vino e stuzzichini in abbondanza. La domestica avrebbe comprato tutto il necessario. Voleva raggiungere la casa al mare prima che il traffico aumentasse. L'importante era chiacchierare per attenuare la punta di tensione e imbarazzo che si respirava in macchina, andava bene qualunque argomento. Poi, a poco a poco, la tensione cominciò ad allentarsi, anche se non svanì del tutto.

«Ci sentiamo un po' a disagio, vero?»

«Sì, ma c'era da aspettarselo.»

Apprezzarono il fatto di essere onesti l'uno con l'altra.

Fu allora che Paul le chiese di guardare nel borsone. Catherine si girò verso il sedile posteriore e tirò fuori un sacchetto di M&M's. Questo li mise di buon umore.

Non erano propriamente a disagio, benché da come si erano organizzati sembrasse un appuntamento ufficiale e non l'incontro fortuito e improvvisato che li invogliava a comportarsi con naturalezza ogni volta che il sistema giudiziario li convocava in tribunale.

Con il senno di poi, anche le poche ore trascorse insieme la sera prima sembravano più rilassate. Mentre Paul guidava, riuscirono a conversare di parecchie cose: per esempio di quanto una volta apparisse brutta, tetra e morta la zona intorno alla High Line vista da lì, a due passi da London Terrace Towers. Catherine ricordò con quanta gioia avesse lasciato la 23esima quando si era trasferita al St. Urban dopo il matrimonio. Lui le raccontò che giocava ancora a tennis a Central Park. Poco distante dal St. Urban, le disse.

« Visto? » rispose lei. « Il destino cercava continuamente di dirci qualcosa, ma noi gli abbiamo mai dato ascolto? » Risero. A volte, aggiunse poi, andava a passeggio ai campi da tennis con i cani o con suo nipote, quando i genitori del bambino le consentivano di viziarlo un po'. « Ci piace guardare la gente che gioca. »

« Magari ci siamo anche incontrati » disse Paul.

« È stato il nostro *rendez-vous manqué.* »

Gli piaceva che lei avesse usato le sue parole. Intuì che un po' lo stesse prendendo in giro, ma non provò fastidio, perché era il loro modo di punzecchiarsi a vicenda, un innocuo e scherzoso mix di malizia e battute sagaci per ricordarsi che, insieme, non si sarebbero mai sentiti soli.

« Hai mai avuto la sensazione che le nostre vite potrebbero essere il mero resoconto di innumerevoli *rendez-vous manqués*, occasioni perse che fanno ancora male e ci perseguitano, questioni che molto spesso rimangono irrisolte? »

« Non tutte, certo, però la maggior parte delle vite restano irrisolte. Se fossi cinica, direi che è proprio questo che mi dà da mangiare. »

« Ecco perché si deve andare in pensione, fosse solo per sfuggire alla solita vecchia storia e iniziare un nuovo capitolo. »

Catherine rifletté su quanto Paul aveva appena detto. « Stai cercando di suggerirmi qualcosa? »

« Assolutamente sì. »

A quel punto cambiò discorso. « E Napoli? » gli domandò, archiviando così ciò che intuiva fosse diventato un argomento delicato, senza capire che il nesso tra la pensione e Napoli ce l'avevano davanti agli occhi. Nessuno dei due, però, era in grado di decifrare se si trattava di un riferimento scherzoso al loro viaggio immaginario o se Napoli era diventata una metafora per indicare l'indefinita fantasia non vissuta che la vista di quel piccolo quadro nella galleria d'arte aveva smosso dentro di loro.

Mentre Paul usciva dalla città, rimasero in silenzio per un po'. Catherine infilò la mano nel borsone di tela e, dopo aver rovistato alla cieca, tirò fuori una tavoletta di cioccolato Lindt.

« Cioccolato bianco! » gridò, quasi sbalordita e incredula. « Lo adoro, anche se non lo compro mai. Ne vuoi un pezzetto? » Lui annuì. « Se non te ne fossi accorto » aggiunse poi, fissandolo, « per me questa è stata la settimana più bella degli ultimi anni. Mi ero dimenticata cosa significasse passare del tempo con qualcuno con cui stai bene. Mi sono sentita di nuovo giovane e piena di aspettative, e allora ho capito che non lo ero più da tanto. Continuiamo a ripetercelo, ma è verissimo. Il tempo ci gioca proprio un bello scherzetto: ci ruba il ricordo di chi eravamo e di quello che provavamo. Come hai detto tu, viviamo con queste due persone, ma non ci ricordiamo più cosa ci abbia spinto a scegliere proprio loro. Certo, il passare degli anni e l'abitudine non aiutano. A volte per settimane mi dimentico a cosa serva un altro essere umano, cosa significhi abbracciare qualcuno, per non parlare di quell'altra cosa... »

Scoppiarono a ridere di nuovo.

«Ti senti pronto?» gli chiese.

«Prontissimo. E tu?»

«Idem.» Poi, ripensandoci: «Voglio ripetere una cosa che ti ho già detto. Ultimamente trovo difficile essere chi sono, chi voglio essere, chi potrei diventare. Sono diventata schiva e introversa, mi concentro su tanti aspetti che non ritengo importanti, mi comporto in modo gentile all'inverosimile, ma mi sento confusa e disorientata, e comincio a pensare che ci sia qualcosa in me che non va. Anche il tempo fa la sua parte. Forse mi resta pochissimo da dare.»

«Ieri hai dato più tu a me che non viceversa.»

«Oh, ieri sera hai dato quello che dovevi dare, Paul, fidati.»

Lui si girò a guardarla per un secondo e le posò una mano sul viso. «Sono davvero contento che ci siamo conosciuti.»

«E Napoli?»

Paul ci stava mettendo troppo a rispondere, oppure non aveva nulla da dire. «Mi piacerebbe molto andarci insieme a te» disse infine.

Quella risposta, però, giunse tardiva, e il suo tono era esitante, sfuggente; inoltre, pur sapendo che sarebbe stata altrettanto evasiva se lui le avesse posto la stessa domanda, Catherine ci rimase male nel vedere la loro minuscola fantasia distrutta e archiviata su due piedi.

« Napoli sarà il nostro *rendez-vous manqué*? Come farò ad affrontare i miei pazienti lunedì mattina se mi sentirò più triste e demotivata di loro? E che ne sarà di te, Paul? Sarai triste quando ripenserai al momento in cui mi hai chiesto cosa stavo leggendo o quando mi hai detto di chiamarti Heathcliff? »

« Non me lo dimenticherò mai... »

Catherine guardò fuori dal finestrino il paesaggio pianeggiante a destra dell'autostrada. Per un istante Paul fece altrettanto, poi le allungò una mano così che potesse prendergliela. E lei lo fece.

« Hai le mani di una pianista. »

« Davvero? »

Lui annuì. « Se te lo avessi chiesto, avresti passato la notte con me? »

« Sì. Non me l'hai chiesto, però. » Ci rifletté un momento. « Ma va bene così, davvero. Ci sono tante cose in gioco, che ormai possono anche essere impalpabili e inconsistenti, alcune pure insulse, ma è su di esse che abbiamo costruito le nostre vite. Sono ciò che siamo, sono quel che siamo diventati, a volte anche contro la nostra volontà. Dove saremmo senza di loro?

Che poi è un altro modo per chiedere: questa giornata cambierà qualcosa? »

« Non sono d'accordo » le rispose lui.

Catherine lo guardò e sorrise. « Ci speravo. »

Amavano essere sulla stessa lunghezza d'onda, pieni di tentennamenti, confutazioni e cambi di opinione.

Se non l'avevano ancora capito, adesso non c'erano più dubbi: si piacevano, e quei continui passi avanti e indietro che spacciavano per banali scaramucce in realtà erano un modo subliminale di fare l'amore.

« Sarà il tuo modo di dire le cose » iniziò Paul, « ma mi viene voglia di contraddirti anche se ero pronto a darti ragione e a condividere il tuo pensiero. Non siamo ancora morti e non c'è niente che non va in noi, non siamo nemmeno in trappola come i personaggi di Hopper che hanno rinunciato alla vita senza prima provare a viverla. Può sembrare un cliché, ma ci sono ancora tante cose che voglio fare. Riprendere a studiare latino e greco, per esempio, e poi non sono mai andato a sentire il *Lohengrin* o il *Parsifal* e non ho mai guidato un'auto con il cambio manuale. Voglio imparare le canzoni napoletane che cantava mia madre, voglio fare nuove, incredibili esperienze, e voglio farlo con te e solo con te. Senza di te, invece, potrebbe pure andare tutto a fondo. Quel pranzo al ristorante cinese mi ha cambiato la vita. E se aprendo la finestra del balcone del nostro hotel potessimo ammirare il sorgere del sole sul Vesuvio, che ne dici? »

« Sarebbe meraviglioso. Ma sono fantasie, mio caro. Anche a me piace pensare a Napoli, però solo perché è irreale e non tanto diversa dal tuo cinema in Technicolor. » Lo guardò e sorrise di nuovo. « Forse ho il terrore di cambiare, benché lo desideri tanto. Allora mi chiedo se voglio davvero cambiare qualcosa, arrivata a questo punto della mia vita. E ho ancora tempo per farlo? »

« Il tempo non conta niente. È mai stato nostro amico? Non abbiamo vissuto sempre guardando l'orologio, tu ogni quarantacinque minuti, io ogni sessanta, facendoci pagare per ascoltare menzogne a cui dobbiamo fingere di credere ogni volta che diamo il via al cronometro? Il giovane che di sera giocava a squash sta chiedendo alla ragazza con la lampada lava di vivere il loro *rendez-vous*. Lui è lo stesso di allora, lei anche. Dopo questa, non ci saranno altre possibilità. » Silenzio. « Nella borsa ci sono due brioche, una al cioccolato e l'altra vuota. Dividiamole. »

« Sai cosa mi è piaciuto di quel quadro alla galleria? » disse Catherine dopo avergli passato la sua mezza brioche vuota. « Quando l'hai fissato e hai detto: 'Ci vivrei volentieri in quella stanza sul mare'. *Ah, che tipo!*, ho pensato io. *Ci vivrei volentieri con lui in quella stanza sul mare.* Volevo che mi abbracciassi, e anch'io volevo abbracciarti. Volevo che fossimo in quella stanza, dovunque si trovi. Ma tu ti sei comportato da gentiluomo all'antica. Che mi piacevi l'avevo capito, ma non sapevo se insieme saremmo andati da qualche parte. »

« E adesso, invece? Adesso hai la sensazione che insieme potremmo andare da qualche parte? »

« Vorrei tanto essere il tipo da rispondere sì. Appena lo faccio, però, comincio a rimangiarmi le parole. L'avrai notato, ne sono sicura. »

« E brava la mia strizzacervelli! »

Ripensarono entrambi al quadro. Il balcone stretto con la balaustra in ferro battuto, la portafinestra aperta, il luccicante mare blu...

« Il golfo di Napoli » disse Paul. « Ci è piaciuto perché rappresenta ciò che avrebbe potuto essere nostro, il luogo in cui saremmo a un passo dall'immergere gli alluci nel Mediterraneo, basterebbe scendere in strada e attraversarla, prima che il lungomare si affolli di giovani, turisti e astuti venditori ambulanti. Non lo capisci che, se non ci andiamo, la nostra vita resterà *manqué*? » concluse, senza riuscire a credere che lo stesse dicendo davvero. « Ecco perché è così importante. Ogni volta che vediamo quella stanza con la portafinestra aperta, abbiamo la certezza di appartenerle. Di solito sono sempre da solo nelle mie stanze immaginarie, ma là dentro ci sei anche tu.»

«Quando arriveremo al punto di non ritorno, però, saprai gestire i rimpianti?»

«Perché, ne avrò? Forse sì, ma qual è l'alternativa? E tu?»

«Magari in questo preciso istante, mentre sono con te in macchina, no. Vorrei poterti raggiungere in Italia, vorrei sentirti cantare la canzone di tua madre sotto la doccia e vorrei che tanto tempo fa avessimo trovato una stanzetta a London Terrace dove fare l'amore. Riguardo alla nostra Napoli, non porta solo la firma di Pirro, ma anche il meglio che ciascuno di noi avrebbe potuto dare all'altro. Voglio certe cose del passato, ma le voglio nel futuro. Mi sento intrappolata in questo presente che non considero più nemmeno mio. Sono come quell'anziano signore ungherese, il cui passato è una città fantasma e il cui futuro è una terra di mezzo fatta di promesse che intende mantenere, ma che molto probabilmente disattenderà.»

«Non ho intenzione di diventare un miraggio nella tua vita.»

«Neppure io nella tua.»

« Dammi la mano. »

Catherine obbedì anche stavolta, e allora lui gliela baciò e la tenne stretta.

« L'ultima cosa che desidero è distruggere ciò che abbiamo » disse lei, « ma non so cosa fare. »

Entrando a Long Island, Paul riprese l'argomento del signore ungherese. « Forse il tuo mentore aveva ragione riguardo a quell'anziano. Magari, quando ha detto che voleva stare da solo intendeva dire che avrebbe voluto tornare a prima di conoscere la donna che adesso non gli parla più, a prima di avere un figlio e dei nipoti, a prima di studiare inglese o medicina, a prima di lasciare il suo paese per venire negli Stati Uniti. Lì seduto su quella panchina non stava pensando alla fine, né disperandosi per la piega che aveva preso la sua vita. Per quanto a noi possa sembrare assurdo, con ogni probabilità stava fantasticando su una nuova vita che non osava confidare a nessuno. Quell'uomo non aveva intenzione di gettare la spugna, c'erano tante cose che voleva ancora fare. In un certo senso, stava cercando di tornare a un momento in cui la sua vita non aveva ancora una direzione particolare e, nonostante l'età avanzata, stava pensando a come portare indietro le lancette dell'orologio e vivere una vita totalmente diversa nel tempo che gli rimaneva su questa terra.»

«Può darsi, ma a me piace quello che c'è qui adesso. Mi piace osservare l'orizzonte sull'oceano assolato al mattino, così come mi piaceva guardare l'Hudson e la vecchia torre dell'orologio al terminal Erie Lackawanna insieme a te. Mi piace anche stare qui insieme a te. Ho solo bisogno di tempo. Forse quello che abbiamo ora non è abbastanza per nessuno dei due, o forse questa visione di una nuova vita non fa per noi. Non lo so. Intanto, Napoli non si muove. Non è neppure così lontana. Di tempo ne abbiamo. Aspetterai?»

«Certo che aspetterò, voglio farlo. E voglio pure un altro pezzetto di cioccolato.»

Arrivarono alla casa di East Hampton prima di mezzogiorno. Paul controllò il frigo e vide che la domestica aveva comprato tutto il necessario. Uova, latte, qualche scatoletta di tonno, pane a lievitazione naturale e così via; cos'altro potesse servire, lo aveva deciso lei. L'aveva informata che avrebbe trovato i soldi al solito posto sul tavolo della cucina, sotto l'antico mortaio con pestello.

Catherine lo osservò infilare le banconote sotto il mortaio in ferro battuto. «Un pezzo d'antiquariato interessante» commentò dopo averlo esaminato.

«Oh, no, non è antiquariato. Apparteneva a mia madre. Le piaceva venire qui, e un anno ci ha trascorso tutta l'estate, da sola in questa casa. Chissà a cosa poteva servirle un mortaio con pestello. Per qualche strano motivo, però, se l'era portato dall'Italia, una delle pochissime cose che aveva messo in valigia prima di venire negli Stati Uniti.»

Per pranzo, Paul improvvisò un piatto semplice ma delizioso, aggiungendo vodka e un po' di panna al sugo di pomodoro. Gli tornò in mente che a volte sua madre cucinava per lui, quando la raggiungeva dallo studio di Wall Street; mangiavano insieme e poi tornava al lavoro. Se oggi fosse ancora viva, l'avrebbe rifatto subito. «A mia madre piaceva stare qui» disse. «Per via del mare, credo.»

Dopo pranzo, e dopo aver preparato quello che Catherine definì il miglior caffè del mondo, le propose una passeggiata lungo la riva. Si era portata un cappello? Sì. E la crema solare? Sì, pure quella. Bene, perché in casa non ce n'era.

Nessuno dei due voleva chiedere del costume da bagno. Catherine avrebbe lasciato decidere a lui. Paul avrebbe lasciato decidere a lei. Quando Catherine cominciò a ridere, lui la seguì a ruota, perché aveva capito subito il motivo di tanta ilarità.

« A passeggiare ci andremo più tardi. »

« E vediamo come vanno le cose? »

A quel commento, sulla bocca di Paul si disegnò un largo sorriso. « Ti adoro Catherine. »

Decisero di uscire a fare due passi solo a metà pomeriggio. Avevano avuto tempo di schiacciare un pisolino ed erano di ottimo umore.

« Allora... » iniziò lei dopo che, provvisti di cappello e crema solare e superate un paio di dune, avevano raggiunto la riva. Quell'attacco, all'apparenza del tutto casuale, suggeriva invece un imminente e portentoso intervento da strizzacervelli. « Allora, raccontami di tua madre a Napoli. »

Paul la guardò con l'espressione di chi non pensava che avrebbe mai dovuto affrontare questo discorso. « Mia madre... » cominciò. E all'istante, mentre immergevano i piedi nel mare, capirono che sarebbe stata una passeggiata lunga e piacevole. Le raccontò degli anni della guerra, quando suo padre era di stanza a Napoli e aveva conosciuto una ragazza del posto, appena assunta presso la base militare americana. Conosceva l'inglese quanto bastava perché le venisse proposto di sostituire una dattilografa in malattia, ma lui era rimasto colpito da come lei fissava la gigantesca Remington che le avevano piazzato davanti. Aveva subito confessato di non aver mai visto le lettere K, X e W. Dopo averne parlato un po', quando infine aveva alzato la testa per dirgli che in italiano non esistevano, guardando a destra e a sinistra, suo padre aveva capito subito che pure i camion dell'esercito si sarebbero fermati davanti a quegli inquieti occhi scuri. Eppure, con la macchina da scrivere davanti e le giovani mani affusolate posate delicatamente in grembo, si era voltata e gli aveva detto: « Capitano Wadsworth, cosa vuole che scriva adesso? »

Lui raccontava spesso come si erano conosciuti e che, a quella domanda, l'unica risposta che gli era venuta in mente era stata: « Mi sono innamorato di te e non so nemmeno il tuo nome ».

« Oh, un altro! » era stata la sua raggelante reazione in italiano, mentre rimetteva il fodero alla macchina da scrivere, decisa ad andarsene.

Lui l'aveva convinta a restare almeno per quel giorno, ma poi si era trattenuta tutta la settimana. E infine, per paura di non rivederla più, appena l'impiegata aveva comunicato che sarebbe rientrata dalla malattia la settimana dopo, lui aveva fatto un gesto così avventato da cambiargli la vita: le aveva chiesto di invitarlo a cena a casa dei genitori. Avrebbe procurato lui tutto l'occorrente, e non solo, all'emporio della base.

« Devo prima chiederglielo » gli aveva risposto lei.

« L'importante è che non ci sia un'altra ragione per rifiutare » aveva azzardato lui.

« No, nessuna. »

Era la prima volta che la vedeva sorridere. Quella sera sua madre aveva preparato la cena per il capitano Wadsworth, che da quel momento non era più stato lo stesso. Di tanto in tanto le chiedeva ancora di cantare. Lei cantava per lui dolcemente nella loro camera da letto; aveva cantato per lui anche sul letto di morte.

« Se mio padre non avesse osato confessarle così apertamente cosa aveva nel cuore nel momento in cui aveva posato gli occhi su di lei, e se mia madre non avesse accettato di invitarlo a cena dai genitori, lei non avrebbe lasciato l'Italia e io non sarei nato, non mi sarei seduto accanto a te in camera di consiglio e non ti avrei chiesto cosa stavi leggendo. »

« Non l'avevi capito? »

« Cosa? »

« Che ero felice me l'avessi chiesto. »

Si spinsero fino ad alcune residenze signorili, parlando senza sosta di tanti argomenti.

« Lei era bella? » gli domandò Catherine.

« Molto, perfino in età avanzata. »

« Le volevi bene? »

« Tantissimo. Del resto, le volevano bene tutti. Era facile amarla. Sarà anche morta, ma non se n'è mai andata. A volte le parlo. »

« E com'è possibile? »

« Non lo so, ma lei torna sempre da me. Scherziamo insieme, io mi lamento, lei mi dice: 'Te l'avevo detto' e mi mette in guardia come quando era in vita. Non te l'ho mai raccontato, ma a Napoli ci andavo solo per lavoro, non mi sono mai preso la briga di tornare nella casa dov'era cresciuta, non mi sono mai messo in contatto con i miei parenti, molti dei quali potevano essere ancora vivi. Forse non volevo saperlo. Forse da solo non mi sentivo abbastanza forte. »

« Da solo non ti sentivi abbastanza forte » ripeté Catherine, come se in quelle parole avesse colto un significato più profondo.

Gli chiese quand'era stata l'ultima volta che aveva parlato di sua madre.

Più che spiazzarla, la sua risposta la turbò.

« Decenni fa, e comunque molto poco » disse. Poi, quasi per cancellare la sua inquietante risposta, aggiunse: « Strano, vero? »

« Non strano. Triste, piuttosto. Dovresti valutare la possibilità di tornare a Napoli, e stavolta non per lavoro. »

« Mi piacerebbe... ma non da solo. »

Mentre camminavano lungo la riva Paul raccoglieva conchiglie, poi cercava di tirarle in acqua il più lontano possibile. Decisero di tornare indietro. A un certo punto Catherine gli disse che voleva sedersi un po' sulla sabbia.

« Perché? »

« Perché mi va di guardare il sole del pomeriggio insieme a te. Oggi abbiamo fatto l'amore. »

Le sue parole lo commossero così nel profondo, che quello che stava per dire gli si smorzò in gola, lasciandolo ammutolito.

« Voglio ammirare tanti altri tramonti insieme a te. » Poi, notando che lui non rispondeva: « Devo essere ancora più esplicita? »

« Come puoi vedere, forse sono io a essere nato ieri. »

« Di sicuro. »

In realtà Paul aveva capito perfettamente cosa intendesse, solo stentava a crederle. Come aveva già fatto in precedenza, appoggiò la mano sulla sabbia accanto alla sua, così che lei potesse prendergliela. E Catherine lo fece.

« Abbiamo recuperato quattro decenni. »

« Qualcuno li sta contando? Però è vero. E siamo

molto fortunati.» Poi, con voce esitante: «Possiamo non tornare in città, almeno non oggi? Non mi va proprio».

«Restiamo qui, allora. Facile.»

«Manca solo un dettaglio, e sappiamo entrambi quale» aggiunse Catherine. Si mise a fissarlo quasi incredula, perché era chiaro che nemmeno stavolta avesse afferrato. «Mi riferisco al mese di agosto.»

Gli ci volle un momento per capire. «Siamo matti fino a questo punto?»

«Dovremo esserlo, mi sa.»

«Pirro sarà contento?»

«Sì, di sicuro.»

Sorrisero, ma nessuno dei due riuscì a ridere.

«Credo che sarà contenta anche tua madre.»

«Lo pensi davvero?»

«Ne sono certa.»

Rimasero in silenzio un istante.

«Come si chiamava?»

«Ginestra, anche se per tutti era Ginny.»

«Che bel nome, Ginestra...»

«È una pianta. A quanto pare cresce sul Vesuvio e riesce a sopravvivere alle eruzioni. Io, però, non l'ho mai vista.»

«In tutti questi anni...?» iniziò Catherine.

« Sì, esatto. »

In tutti questi anni avrebbe voluto conoscere il mondo di sua madre, il mondo delle sue canzoni, dei suoi genitori, della Napoli antica e dei vecchi utensili da cucina che avevano viaggiato abbastanza da sopravvivere a molte vite, da questa parte e dall'altra, vite di cui lui non aveva mai saputo nulla e che adesso desiderava scoprire, benché non da solo, perché sapeva già che avrebbe pianto e non voleva farlo, non da solo, anche se forse piangere faceva bene in questo mondo di balconi assolati e facce assolate, e di voci incredibili capaci di cullare un bimbo fino a farlo addormentare, suscitare l'amore di un marito e, una volta invecchiato, accompagnarlo all'altro mondo con il cuore colmo di grazia e pienezza, un mondo dove la luce del sole perdona e dimentica, e dove la gioia è una promessa, quand'anche non venisse mantenuta. « Quanto vorrei che mia madre ti avesse conosciuto. »

Catherine annuì.

« Però ho conosciuto te » disse poi. « Avremmo dovuto conoscerci quarant'anni fa. »

« Possiamo fare finta che sia andata così? Non eravamo chi siamo ora, d'accordo, ma forse nemmeno tanto diversi. »

« Stai parlando di due generazioni fa, Paul. È passato molto tempo. Io non voglio essere chi ero allora. E secondo me neppure tu lo vuoi. Dai, andiamo a casa, il tuo caffè è migliore di quello di Pirro.»

Si alzarono.

«Era il tuo modo di farmi capire che ne vuoi un'altra tazza?»

«Sì, ma stavo anche cominciando a pensare alla cena. Ricordati che mi devi un'omelette e altre cosine, vino compreso.»

«Come dimenticarlo?»

INDICE

ANDRÉ ACIMAN

MARIANA

Mariana, l'io narrante di questo romanzo, è una giovane della provincia americana appena arrivata in Italia per trascorrere alcuni mesi di studio all'accademia d'arte. La prima sera, incontra Itamar. Fa il pittore, è bello e carismatico, ed è un seduttore impenitente. Sebbene consapevole che una relazione con un uomo del genere è destinata a finire male, Mariana non può fare a meno di innamorarsene... André Aciman si è ispirato a *Lettere di una monaca portoghese*, il libro-scandalo che, per il realismo e l'audacia nel raccontare la passione amorosa, alla fine del XVII secolo segnò una vera svolta letteraria. Ci consegna così, riportandola all'oggi, la storia di un amore totale, un acuto romanzo psicologico contrassegnato da un eros spietato, che inganna e ferisce, ma a cui è impossibile resistere.

GUANDA

ANDRÉ ACIMAN

L'ULTIMA ESTATE

Sud Italia, un'estate sulla Costiera amalfitana. A causa di un guasto alla loro imbarcazione, un gruppo di giovani americani si ritrova a soggiornare in un hotel frequentato da attempati turisti. Lì conoscono Raúl, personaggio riservato e imperscrutabile, sempre seduto in disparte con il suo taccuino. Finché un giorno si avvicina al loro tavolo: accortosi che Mark soffre a una spalla, gli posa una mano sul punto dolorante, alleviandone il fastidio. Non contento, procede rivelando dettagli personali su tutti i presenti... Per vincere la diffidenza dei giovani decanta loro le meraviglie della zona. L'unica del gruppo che non sembra ammaliata dal suo fascino è Margot, che Raúl inizialmente aveva chiamato con quello che secondo lui doveva essere il suo vero nome di battesimo, Maria. Ma con il passare dei giorni Margot comincia a fidarsi, e Raúl la condurrà in un viaggio indietro nel tempo, verso un passato che li lega molto da vicino.

GUANDA

ANDRÉ ACIMAN

CERCAMI

Il romanzo si apre con l'incontro casuale su un treno tra un professore di mezza età e una giovane donna: lui è Samuel, il padre di Elio, sta andando a Roma per rivedere suo figlio, pianista affermato ma molto inquieto nelle questioni sentimentali; lei è una fotografa, carattere ribelle e refrattaria alle relazioni stabili. Tra i due nasce un'attrazione fortissima, che li porterà a mettere in discussione tutte le loro certezze. Anche per Elio il destino ha in serbo un incontro inaspettato a Parigi, che potrebbe assumere i contorni di un legame importante. Ma nulla può far sbiadire in lui il ricordo di Oliver, che vive a New York una vita apparentemente serena, è sposato e ha due figli adolescenti, eppure... Una parola, solo una parola, potrebbe bastare a riaprire una porta che in fondo non si è mai chiusa.

GUANDA

ANDRÉ ACIMAN

VARIAZIONI SU UN TEMA ORIGINALE

Cinque variazioni sul tema dell'amore, cinque momenti che ricostruiscono strato dopo strato la fluida, fluttuante natura erotica di Paul attraverso la precisione lirica e a tratti cruda della sua stessa voce. Tornando sull'isola italiana delle sue vacanze scolastiche per occuparsi della casa di famiglia distrutta dal fuoco, si trova a ripercorrere i luoghi di un incendio tutto interiore, quello del primo, divorante turbamento dei sensi cui allora non sapeva dare un nome e cui ora forse nemmeno vuole darlo. Di Nanni, oggetto del desiderio, in paese nessuno sa più nulla, ma l'agonia di quella passione ormai lontana ha lasciato il segno e troverà echi nelle passioni della sua vita di adulto, nell'amore per Maud, per Manfred, per Chloe, per una giovane scrittrice... Ogni volta Paul cadrà nelle trappole del desiderio e se ne creerà di nuove, si abbandonerà alla violenza del rimpianto per poi riprendere a inseguire il « vino della vita », a inseguire se stesso.

GUANDA

ANDRÉ ACIMAN

CHIAMAMI COL TUO NOME

Vent'anni fa, un'estate in Riviera. Una di quelle estati che segnano la vita per sempre, dopo le quali niente sarà più come prima. Elio ha diciassette anni, e per lui sono appena iniziate le vacanze nella splendida villa di famiglia nel Ponente ligure. Figlio di un brillante professore universitario, musicista sensibile, decisamente colto per la sua età, Elio aspetta come ogni anno «l'ospite dell'estate, l'ennesima scocciatura»: uno studente in arrivo da New York per lavorare alla sua tesi di post dottorato. Ma Oliver, il giovane americano, subito conquista tutti con la sua bellezza e i modi disinvolti, quasi sfacciati. Anche Elio ne è irretito. E tra loro nascerà un desiderio inesorabile quanto inatteso, fatto di ossessione e paura, di scaltra dissimulazione e slanci ingenui, vissuto fino in fondo, dalla sofferenza all'estasi.

GUANDA

ANDRÉ ACIMAN
NOTTI BIANCHE

« Sono Clara. » In apparenza, la più banale delle presentazioni; eppure per il giovane protagonista del romanzo, che la vigilia di Natale si trova catapultato quasi per sbaglio nel trambusto di una festa, circondato da illustri sconosciuti, è lo schiudersi improvviso e folgorante di un sogno, di una nuova prospettiva di vita. Una New York inedita, dai riflessi viola-argentei, notturna e invernale, è lo scenario complice di questo incanto, con le chiatte ormeggiate sull'Hudson su cui scorrono lenti i lastroni di ghiaccio; i parchi innevati e lo skyline di Manhattan a evocare un mondo fiabesco, carico di echi letterari. Tra passi falsi e vani tentativi di opporsi a un sentimento ineluttabile e a un prepotente desiderio di felicità, il lettore assiste in presa diretta al momento magico e irripetibile della nascita di un amore, alla costruzione paziente e minuziosa di un universo condiviso di parole, rituali e ricordi, intensi e talvolta dolorosi.

GUANDA

Questo libro è stampato col sole

Azienda carbon-free

Fotocomposizione Editype S.r.l.
Agrate Brianza (MB)

Finito di stampare
nel mese di maggio 2022
per conto della Ugo Guanda S.r.l.
da Grafica Veneta S.p.A. di Trebaseleghe (PD)
Printed in Italy